纽伯瑞国际大奖小说

城堡镇的蓝猫
The Blue Cat Of Castle Town

[美]凯瑟琳·凯特·科布伦茨/著　艾 文/译

团结出版社

图书在版编目（CIP）数据

城堡镇的蓝猫 /（美）凯瑟琳·凯特·科布伦茨著；艾文译. -- 北京：团结出版社，2022.4
（纽伯瑞国际大奖小说）
ISBN 978-7-5126-9383-8

Ⅰ.①城… Ⅱ.①凯… ②艾… Ⅲ.①儿童小说—中篇小说—美国—现代 Ⅳ.①I712.84

中国版本图书馆CIP数据核字(2022)第077200号

出版：团结出版社
　　（北京市东城区东皇城根南街84号 邮编：100006）
电话：(010) 65228880　　65244790　　（传真）
网址：www.tjpress.com
Email：65244790@163.com
经销：全国新华书店
印刷：大厂回族自治县德诚印务有限公司

开本：145×210　1/32
印张：67.75
字数：1070千字
版次：2022年11月　第1版
印次：2022年11月　第1次印刷

书号：978-7-5126-9383-8
定价：198.00元（全九册）

出版说明

纽伯瑞儿童文学奖(The Newbery Medal for Best Children's Book),又称纽伯瑞奖,是以英国著名出版家约翰·纽伯瑞而命名。于1922年由美国图书馆学会(American Library Association)的分支——美国图书馆儿童服务学会(Association for Library Service to Children)创设建立,专用于表彰在美国儿童文学界有伟大贡献的作家们。至今已成为整个美国乃至全世界公认的儿童文学大奖。

纽伯瑞出生在英国的一户农家,他是自学成才的儿童文学作家和出版家。他打破当时保守的风气,崇尚"快乐至上"的儿童教育观念,开辟英美儿童文学之路,所以被后人称为——儿童文学之父,纽伯瑞的贡献对于儿童文学,可以说是个重要的里程碑。

纽伯瑞奖每年评选颁发一次,奖励前一年度出版的优秀英语儿童文学作品。此奖项设立金、银两个奖章,每年金奖设立一部、银奖设立一部或多部。设立至今,几百部优秀儿童文学作品已经荣获此奖项。

我们本次通过精心挑选、细致编辑,为大家整理了此套纽伯瑞国际大奖小说丛书,全套九册,多为历届获奖作品中的金银奖章作品。

城堡镇的蓝猫

选取故事也多元丰富，或滑稽、玄妙，或温存、美好，或是展现不畏艰难的生活态度，亦或是在民族历史背景下的奋进。本本都各具特色，引人入胜，下面让我们先睹为快吧！

《老烟草店的故事》（又名《弗雷迪历险记》）以小男孩弗雷迪的视角，叙述他进入烟草店后的种种奇遇，结识了许多奇奇怪怪的朋友：店主托比、阿曼达姨妈、平奇先生、两个怪老头、水手等……在弗雷迪偶然一次偷吸了中国烟草而召唤出水手米曾后，他和朋友们进行了一次跨时空的魔法冒险。而文末笔锋一转又恰似一场梦境，梦醒回到现实更增添的是对时间的感悟。

《银色大地的传说》由十九个独立成篇的南美洲印第安民间传说组成。作者结合自己独特而丰富的南美洲旅行经历，从幽暗的丛林到无边无际的草原，从万里无云到白雪纷纷，俯瞰耸立的怪石，探索神秘的海底……让我们尽情遨游古老而神秘的异国大陆。同时书中人类与巨人、怪兽、女巫等超自然力量的斗争，又让故事惊险而有趣，堪称世界儿童文学中的珍品。

《海神的故事》是一部由幽默风趣的美国人讲述的中国民间故事，充满传奇色彩的故事扣人心弦。筷子的诞生、风筝的来历，呈现出似真似假的传说；买儿子的温父、懒汉阿喜、正事反干的真俊，一个个鲜活的人物看似可笑，却又从不同层面传达了中国古代人民数千年的智慧和思想精髓。

《扬子江上游的小傅》是一个充满着冒险和奇遇的励志故事。真实地再现了在军阀割据的年代，一个初到大城市重庆的农村少年小傅，被大名鼎鼎的铜匠唐老板收留为徒、视为义子，与同命相连的小李结下了深厚友谊，跟随年老傲骨的王秀才读书认字……小傅面对生活艰辛、城里人的歧视、时局动荡等等一系列问题，用淳朴的灵魂不断挣扎、成长，最终站稳脚跟。

《银顶针的夏天》故事发生在富有人情味的田园乡村，十岁的小女孩加内特在酷热的夏天，从干涸的河床上拾到了一枚银顶针，仿佛银顶针带来了魔法，使她的生活发生了一系列奇妙的变化：久旱的农场迎来酣畅的大雨，流浪汉埃里克成为她家里的一员，小猪提米荣获展会蓝丝带……这么多幸运的事情都在拾到银顶针后的夏天到来了。我们体会了纯真的乡间生活的同时，也感悟到人情的美好。

《消失的湖》讲述一对表兄妹朱力亚和波西娅暑假探险途中，无意间发现了大沼泽边矗立的一片颓废"鬼城"社区，开启一段神奇的冒险之旅。他们结识了乐观开朗的明尼婆婆和品达爷爷，得知了沼泽曾是美丽的湖泊，"鬼城"曾是考究的社区的秘密，这个奇妙的假期，他们用善良、勤劳、乐观的态度，创造了自己的"世外桃源"。

《风之丘》讲述了小伙子奥利弗因假期从舅舅家赌气出走途中，在风之丘结识了养蜂人，这个优美的地方和有魅力的人深深吸引他多次前往。从养蜂人讲的故事中揭开了整个家族的秘密，最终奥利弗用自己的智慧帮助舅舅解决了风之丘的问题。同时他自己的内心也得到了反思和洗涤。

《城堡镇的蓝猫》这是一个充满想象和寓意的故事，主人公是一只在蓝色月光下出生的蓝色小猫，它有着丰富的内心世界，因为特殊的毛色而有了特殊的使命——把《河流之歌》传达给城堡镇的居民，这首歌饱含人类友爱、善良、美丽、和平和知足常乐等最基本的价值观。在它到达城堡镇时，发现那里的人们心中充满着仇恨、不满、欺骗、互不信任。蓝猫历尽艰险，用积极坚强的品德最终完成了使命。故事有趣,情节悬妙,蕴藏哲理,也揭示了人们在面对真理、谎言、诚实及贪婪时的挣扎。

《自由战士》是一位少年跌宕起伏的成长史,也是美国历史的片段缩影,曾经恃才傲物、天资聪颖的银匠小学徒约翰,因意外事故断送了银匠生涯,从此命运改写,跟随爱国人士投身美国独立革命的洪流之中。"人,应该活得顶天立地……"他带着新的梦想为美国的历史增添了浓墨的一笔。

我们本次重新对"纽伯瑞国际大奖小说丛书"的整理出版,本着尊重原典的精神,所选篇目既符合青少年的年龄特点又触及心灵深处,读中有趣、读后有感,连成人也会跟随每部作品追忆那逝水般的美好年华。全书译文细腻传神,适合青少年与家长围炉共读。由于编者水平所限,在编辑过程中,书中疏漏之处在所难免,请广大读者不吝赐教!

目 录

引 子 …………………………… 1
第一章 城堡镇的蓝猫 …………………… 6
第二章 《河流之歌》 …………………… 12
第三章 锡匠伊本芮塞·萨尔斯梅 ………… 21
第四章 织工约翰·吉尔罗伊 ……………… 37
第五章 阿鲁纳·海德与黑暗魔法 ………… 53
第六章 塞万努斯·格恩西家的谷仓猫 …… 68
第七章 木匠托马斯·洛丁尹尔·戴克 …… 80
第八章 泽鲁阿·格恩西 …………………… 100
第九章 光明的魔法 ………………………… 119

引 子

从前,有一座小镇的名字叫"城堡",谁也不知道它为什么会有这个名字。

——一位历史学家的笔记

当蓝色的月儿高高挂在空中
一只蓝色的猫咪便会出现
它唱着《河流之歌》
寻找着——你

这只蓝色小猫出生的时候,正巧在天上守夜的是一枚蓝色的月儿。很久很久以前，可能有一百多年了，大约在十九世纪初的时候，蓝色小猫出生在佛蒙特州的一片牧场。它温暖的小窝搭在一座被人遗忘的干草堆下，里面铺满干苜蓿、野胡萝卜叶和菊苣的叶子。

第一眼看到蓝色小猫时，猫妈妈非常难过。它不安地望了一眼身边的大河。猫儿们都知道，蓝色小猫是需要学会《河流之歌》的。

无论哪一只小猫，在找到一个家之前，都需要一首歌，一首和家里的壁炉相配的歌。这是非常难的一件事。蓝色小猫则更辛苦，它们不但要懂得聆听河流的声音，而且要学会《河流之歌》。最后，还要把这首歌教给那个为自己找到的壁炉生火、添柴的人。

可是《河流之歌》实在是太古老了，能听得懂并且能学得会的人几乎找不到了。这实在是一项艰辛的工作。

但是，在蓝色的月儿升起的时候，蓝色小猫必须找到一个这样的人。如果找不到这个人，壁炉前就再也没有人哼唱《河流之歌》。如果发生这种事，根据传说，这片土地就会衰败，不再繁荣，甚至会变成一片荒地。

所以，蓝色小猫就像一个小骑士，需要用歌声做武器，去寻找这个人。所有的猫都知道，如果能够顺利完成使命，蓝色小猫就可以得到丰厚的奖赏。但是谁都没有提过，失败者会遭受怎样的厄运。

想到这儿,猫妈妈更担忧了。但它又稍微找回了一点希望,因为它发现小猫尾巴尖上有三根毛是黑色的。传说,只要身上有一根黑色的毛,蓝色小猫就有机会,像一只普通的猫一样,平平安安地生活。"1、2、3……幸好我的小猫有三根黑色的毛呢!"猫妈妈一边安慰自己,一边又数了一遍,确认无误。

"不要去听大河的话!"等蓝色小猫长大了一点,能够听懂猫妈妈的话之后,猫妈妈警告它说,"千万不要去碰蚱蜢,它会让你变瘦,也不要吃鼹鼠肉,不消化,更不能当着人类的面捉小鸟。你一定要记住这三件事,不过偶尔忘记一两次还是可以原谅的。但是——这件事你绝对不能忘记!无论如何,绝不可以听大河说什么!"

猫妈妈转过身去,背对着蓝色小猫,轻悄悄地离开了。它的尾巴直直地翘得高高的,在低矮的草丛中摇摆着,仿佛一个可怕的感叹号。

蓝色小猫望着妈妈的尾巴,十分好奇。如果猫妈妈回来,把不该这么做的原因清清楚楚地告诉它,以后的事还会不会发生,谁知道呢?

接下来很长一段时间,蓝色小猫一点都没有在意过大河的呢喃。也许那在它眼里只是生活里最普通的一部分。

大河的声音一会儿像波浪一样卷着翻涌,一会儿像水波一样潺潺流过,一会儿又像微风一般,拂动着铺满叶子的温暖小窝。

蓝色的小猫还要忙着长大呢。它观察蜘蛛转着圈儿织网,或者幻想着自己是不是真的看到了一只田鼠的尖鼻子和晶亮的小眼睛。

大河等待着机会。每一天它都会把自己的声音提高一点点。终于,有一天,蓝色小猫听见了和平常不一样的声音。

那声音是什么?有人在和它说话吗?它把尖尖的耳朵往前竖了竖,立刻有几个词句钻了进去。那些词句钻进它的小耳朵里,像鸟儿唱出的音符一样,既简单又动听。

"我要去的地方叫城堡镇,它很美。"那个声音说道,"没人知道它为什么叫城堡镇,但连蓝色小猫都知道,城堡是有魔力的。"

"是的,"蓝色小猫说,"城堡都有魔力。"生活在这片牧场上,它对魔法十分了解。

"镇上曾有过几个人,想要打破城堡的魔法,现在又有一个,"那个声音继续说,"魔法是由美、平静和满足组成的。"

"美、平静和满足。"蓝色小猫一边呼噜呼噜叫着一边说,心里想着牧场上那些神奇的事情。

"而想要打破魔法的那个人,"那个声音继续说着,柔和而缓慢,"他看不见美,感受不到平静和满足。"

听到这,蓝色小猫的心里突然觉得很难过。

"感受不到平静和满足。"它说。

"不仅如此,他还在小镇上施展黑魔咒。"呢喃声突然变得低沉,充满了哀伤。

"因为人们对金钱和权力的欲望,黑魔咒才会诞生。如果城堡镇的人们被黑魔咒蒙蔽了双耳,他们就会听不见我们的歌声,城堡镇和它的荣光就会永远消失。"

蓝色小猫用心听着,心里想,"要是我的耳朵再大一点就好了。也许我应该坐得更端正些。"它试着坐直,那声音果然清楚了不少。低低的声音越过牧场上的大片酢浆草传到蓝色小猫耳边:"如果你想要保护城堡镇,那么,你就要去寻找一个愿意倾听我们的歌的人。"

"倾听我们的歌?"蓝色小猫点点头,看着面前的酢浆草,它们也跟着点了点头。

第一章　城堡镇的蓝猫

"听……"它忽然像发现了什么一样,焦急地问道,"嘿,你是风吗?"

"不,我是大河!"那声音回答,"你得听我的话。"

"听你的话。"蓝色小猫重复着。

就在这个时候,它终于想起了猫妈妈的话。"妈妈不让我听你的话……"蓝色小猫抽泣起来。

"可是你已经听了。"大河回答,"而且,无论你想不想听,我的声音都会传到你耳朵里。所以,认真听吧,我会把《河流之歌》教会你。但是,在这之前,我要先给你讲讲城

第一章 城堡镇的蓝猫

堡镇的故事。"

"我——不——听!"蓝色小猫立刻抗议说。它用小爪子使劲捂住了自己的耳朵。大河的声音果然变小了。但是夏天的天气太热了,不一会儿,蓝色小猫的耳朵被捂出了汗。它松开了爪子,让耳朵凉快一下。大河的声音立刻变得清晰起来,"你以为,蓝猫随随便便就能生出来吗?"它说,然后继续悠悠地歌唱着。但现在河流的声音变成了温柔的哼唱,如同牧场上让人感到心安的魔法。

那天之后,蓝色小猫努力控制自己不去听大河的声音,但它不能永远捂着耳朵。日子一天天过去了,大河每天都在蓝色小猫耳边呢喃,讲述着城堡镇的点点滴滴。

"很久很久以前,人们从康涅狄格州一路北上,翻山越岭,来到了这儿,建立了城堡镇。"大河说。

"他们带着小孩子和福音书,以及怀疑是'美味的苹果种子'和'漂亮的玫瑰花',哦,对了,还有最不能缺少的玉米和大麦,还有其他工具们,这些东西是和他们一起来到这儿的。"

"还有我的曾曾曾曾曾曾祖父!也是他们带过来的!"蓝色小猫兴致勃勃地插嘴,这是妈妈讲故事的时候告诉它的。

大河没有接话，关于蓝色小猫的曾曾曾曾曾曾祖父，它知道的可能比谁都多。

"而最令人兴奋的是，"大河大声说，"美、平静和满足伴随着《河流之歌》那悠扬的曲调，一路跟随着他们。光明的魔法和他们一起来到了康涅狄格。""后来，他们来到了佛蒙特，并且决定在这儿建立他们的城堡——也就是他们的家。于是在一个万物复苏的春天，他们在开垦好的土地里种上了各种粮食，将苹果种子播在山坡上，还在圆木搭建的小屋旁边种上了玫瑰花——这就是最初的城堡镇。"

"不过，因为圆木小屋不是很牢固，它很快就过时了，木板房子成了人们最喜欢的房子。于是，沿着一条长长的街道，房屋像雨后的蘑菇一样彼此紧挨着建了起来。街道东端的绿地上，经常有孩子们嬉戏。绿地边缘是一座教堂，墓地则紧挨着它，去世的人们都在那里长眠。在街道中心不远处的小酒馆，是男人们聚众谈论的好地方。大街西边是一间漂亮的店铺。人们都说，那间铺子砌墙用的砖的颜色，是他们见过的最温柔的玫瑰色。这条山谷里的居民过着幸福的生活，他们吃着自己种出来的粮食，苹果的味道比他们带来的种子更加甜美，至于果汁，只要尝过一次，那种美妙的感觉就让你再也无法忘记。玫瑰花的香气像看不见的云朵，把他们沉重的心情托上云霄。"

"这就是城堡镇的光明魔法。那个时候美、平静和满足就像空气一样,是生活中不可或缺的一部分。"蓝色小猫不由得重复起来:"美、平静,还有满足。"

就在这时,猫妈妈回来了。它叼着一只田鼠,"我是怎么告诉你的?"听见蓝色小猫说的话,她急得连嘴里的田鼠都来不及放下,就使劲打了一下它的右耳朵,随即又狠狠挠了一下它的左耳朵,猫妈妈觉得那只耳朵听见了更多的东西。

但猫妈妈发现得太晚了。蓝色小猫很快长大了,并且,就像大河说的那样,不管愿不愿意,它总是能听见大河在说什么。其中,最多的就是美、平静和满足。蓝色小猫也希望能过上这样的生活——橘黄色的火光下,有一个人和它一块儿守在壁炉旁,一起哼唱着《河流之歌》。

"这可不容易,"大河笑着说,"也有一些人血液里就流淌着《河流之歌》,但人类没办法让它流传下去。只有蓝猫——只有把《河流之歌》当信仰的蓝猫,能让《河流之歌》的魔力鲜活起来。"

"'信仰'是什么?"蓝色小猫问。

"我也没办法告诉你这是什么。所以只能靠你自己去弄明白了。不过我要告诉你,黑魔咒已经在吞噬城堡镇了,所以城堡镇的人们一定要尽快学会这支歌。你必须尽快找到这个人。城堡镇的未来就靠你了,蓝色小猫。"

"记住,生活是属于你的,唱出你自己的歌。从现在开始,你可能会遇见很多困难,不管发生了什么,不要轻易放弃,也不要失去信心。不过,蓝色小猫,有一点是肯定的,如果你真能找到那个把你迎到壁炉前,并且愿意和你一起歌唱的人,那么,你不仅能拥有自己的壁炉,还会获得永生。"

"永生!"蓝色小猫惊奇地说。

"一派胡言!"听到蓝色小猫的话,猫妈妈着急地嚷了起来,"猫除了九条命之外,什么都没有!从来没有!"

"但大河说……"蓝色小猫还想继续抗争一下。

"咪……嗷!你是不是不听我的话了?"猫妈妈伤心地说。它坐下来,忧伤地望着月亮升起的山谷。

最后,它还是回过头来,望着自己的孩子。"好吧,蓝色小猫!"猫妈妈说,"明晚,蓝色的月儿就要升起。要是你已经决定了,最好现在就赶到河边的芦苇丛里去,去学《河流之歌》。你只有一个晚上的时间把它学会。"

"还有,"它接着说,"牧场的老鼠不够多,而且你也要长大了,你也该做好准备,去看看外面的世界了。"

"可是,"蓝色小猫说,它脑子里想着吃饱老鼠时满满的幸福感,妈妈给自己梳理胡子时温柔的抚摸,有些迟疑了,"大河说这是一件困难的任务。"

第一章 城堡镇的蓝猫

"那当然,"猫妈妈点点头,"我早就说过了。而且我还说过,千万不要去听大河的话。不过你不能永远待在温暖的窝里。现在,你应该学会唱出自己的歌,走到外面去看看了。"

"大河也这么告诉我!"蓝色小猫说。

"咪——呜!哦,那你把它当妈妈吧。"猫妈妈瞪了蓝色小猫一眼,火气更大了。

第二章 《河流之歌》

唱出你自己的歌。

——节选自《河流之歌》

蓝色小猫仔细地盘起自己的尾巴,面朝河水礼貌地坐了下来。它离开家时,天边的云朵刚刚镀上一层铅黑,但等它来到河边时,夜色已经沉重地盖上大地了。受惊的野鸭挥动翅膀,呼啦啦地飞上半空,猫头鹰隐藏在黑暗里,发出呜呜的啼鸣,北美夜鹰在天空盘旋,啸声划破天际。这些声音都催促着它不安地扭着前趾爪,它很想转身跑回家去。

但它没有这么做。它对那些因为想家而动个不停地趾

第二章 《河流之歌》

爪说道:"安静!"蓝色小猫坐得直直的,在河边静静地等待着。

蓝色小猫抬起头,仔细听着。河流依旧自己哼唱着,敲击着石块,发出清澈的音阶。蓝色的月儿终于从山峦背后露出脸来,河水的声音渐渐消失被风吹散。蓝色的月儿投入天空的怀抱,将自己的光芒从天上洒下来,映得整条河如流动的钻石般闪闪发亮。这时,大河唱起了一首对蓝色小猫来说十分陌生的歌。

蓝色小猫隐没在月光下的黑影里,感受着歌声从河水里淌出来,流进它的耳朵,再从脊梁骨流淌到四周,一阵奇妙的感觉传遍全身。

它从来没有过这种新奇的体验。歌本身就是生活,每一句都是美、平静和满足。蓝色小猫沐浴在蓝色的月光和大河的歌声里,静静地端坐着。

唱出你自己的歌,大河说。
唱出你自己的歌。
歌自从前而来,
向明天而去。
唱出你自己的歌。
生命是空白的画卷,

需要有人为它涂抹颜色。
财富会像河水一样流逝,
权力同月光一样无法永存,
唯有美会代代相传。
唱出你自己的歌。
如果你要做,就做到最好。
每种形状都是上帝的杰作,
每个线条都有天使吻过的痕迹。
美不会凭空出现,
总有人要付出辛勤的汗水。
唱出你自己的歌。
好好唱,大河说,好好唱。

"喵。"跟随着大河的歌声,蓝色小猫谨慎地唱出了第一句。

唱完第一句,蓝色小猫心里有点慌乱,于是它开始跟河流讨价还价,毕竟它是一只聪明的蓝色小猫。

"大河啊,在继续教我唱歌之前,"蓝色小猫说道,"你能先帮帮我吗?城堡镇里有那么多人,我需要你的帮助,才知道我该选择谁。"

大河哗哗地流着,仿佛没有听见一样。其实,这也是它

第二章 《河流之歌》

第一次面对这样的情况，它也不知道该怎么办。最后，大河终于不慌不忙地开了口，用温柔的声音说：

"城堡镇有个叫伊本芮塞的锡匠。萨尔斯梅是他的姓氏。这首歌他曾经唱得很好，只是现在可能不记得了。不过没关系，只要能再听见这首歌，他还是会认出来的。也许他还能唱上一段，至于他的手是不是还能像以前做出令人惊奇的东西，我也不知道。"

"我知道了，"蓝色小猫思考了一下，说，"伊本芮塞·萨尔斯梅。"

"城堡镇有个织工，"大河继续开口，"他来自爱尔兰。现实里他从没唱过《河流之歌》，但是《河流之歌》的声音曾在他的梦境回荡过。要是他真的开口，谁知道会发生什么呢？也许你可以和他一起在壁炉前唱歌。他叫约翰·吉尔罗伊。"

"吉尔罗——伊，约——呵——呵——嗯！"蓝色小猫打着盹，边打哈欠边迷迷糊糊地重复着。看着蓝色小猫张大嘴巴打哈欠的样子，大河感觉下一秒它就要把天上的星星全都吞进肚子里去了。

蓝色小猫使劲睁了睁眼，它实在是太疲倦了。蓝色的月儿将柔和的光芒笼罩在它身上，伴随着河流温柔、低缓的声音，它不自觉地闭上了眼睛。在小猫特有的，如同天鹅绒一样柔软而黑沉的梦乡里,越陷越深。

大河依旧慢悠悠地讲述着城堡镇的故事,没发现小猫越睡越沉。也许并不是没发现——也许它认为,反正该说我都说了,听不听就在小猫自己了。

"你一定要小心一个叫阿鲁纳·海德的人,"大河稍微提高了它的声音,"一定!不要在这个人面前唱你的歌。你要记住,阿鲁纳热爱金钱,他不仅是黑魔咒的施咒者,而且已经被黑魔咒蒙蔽了双眼。他在寻找一样,连自己都不知道是什么的东西,他的钱堆满了库房,可是他的心空无一物。美、平静和满足对他来说只是空洞的字符。"

风吹得太急,
造成的毁灭就越大。
超负荷的发条也无法好好工作,
光明魔法带给人们美好。
黑魔咒却把它们埋葬。
河流唱道,总有人能拯救它们,总有人。

而这时,蓝色小猫已经将身体蜷缩起来,睡熟了。风声穿过山谷,像是谁发出的叹息。

大河继续说:"阿鲁纳不想被魔咒控制,结果咒语蔓延

第二章 《河流之歌》

得更广。现在他正打算把城堡镇变成佛蒙特州这个宇宙的中心。"

蓝色小猫被惊醒,它将胡子上的水珠抖下去,好奇地问,"佛蒙特?宇宙?那是什么?"

"它们是一样的,"河流说,"佛蒙特州的人都这么认为。"

"原来如此。"蓝色小猫说,重新将头埋入前胸柔软的毛发里,沉沉睡去。不过这次,它竖起了自己的左耳,好让自己能听到一点东西。可惜那些东西大部分从它的右耳朵冒了出去。

河流继续说道:"你一定要小心阿鲁纳·海德。千万不要在他面前唱你的歌。你要记住我的警告,阿鲁纳的歌,可以传播黑魔咒。城堡镇的未来,由你们两个的其中之一决定。失败的那个,就会被自己歌中的力量压得粉碎。"

要是蓝色小猫睡得没有那么沉,肯定会和猫妈妈一样,说大河一派胡言。

"你一定要记住他的名字!"河流有些着急,一阵浪花打在河边的芦苇丛里,惊醒了正在打盹的蓝色小猫,"记住了吗,蓝色小猫?"

"当然!"蓝色小猫甩干净身上的水珠,笔直地坐好,"阿鲁纳·海德。"

城堡镇的蓝猫

"嗯!"河流说,"要小心那些追名逐利的人。"

"我知道。"蓝色小猫懒洋洋地舒展了一下腰身。

"还有夸夸其谈的人,他们明白的东西不多,却总是在炫耀,总是希望别人的东西没有自己家的好。"

蓝色小猫睡眼蒙眬地抬起脑袋,看到了蓝色的月亮,孤零零地悬挂在自己的头顶。

"你把我该知道的东西都告诉我了吗?"它问道。

"当然没有,蓝色小猫,这仅仅是个开始。"

蓝色小猫有点不乐意。它抬起头,望着对岸的灌木丛,傲慢地说:"我可不是一只普通的猫,这些东西我自己就可以学。"

但河流继续讲着,就像蓝色小猫什么都没说一样。

"城堡镇有个朴实的木匠,大家对他都不太熟悉。他的父亲是个银匠,这首歌唱得非常好。他想让儿子学会自己的手艺,但儿子一点也不愿意。不过,这个木匠的《河流之歌》唱地非常好。你也可以去找他。"

"他叫什么?"蓝色小猫问,困意像棉絮一样裹住它的身体。蓝色的月儿从它的头顶向西移去。蓝色小猫知道,在月亮落入山谷之前,自己必须学完这首歌。因为猫妈妈曾经对它说过,蓝色月儿出现的概率实在是太小了,一定要好好把握。

第二章 《河流之歌》

"他的名字比较复杂,叫托马斯·洛伊尔·戴克。他母亲给他取了托马斯这个名字,但他父亲坚持叫他洛伊尔。"大河解释说,"这个词可是用在贵族身上的呢。"

"可他不是贵族啊。"

"没错,他不过是个木匠。"河流十分同意。它又念叨了一遍"木匠"这个词,似乎觉得十分有趣。

"戴克,"蓝色小猫念叨着,"托马斯。"

"还有洛伊尔。"河流提醒说。

"嗯。"蓝色小猫打了个喷嚏,"我还需要认识谁吗?"

"哦,还有个小姑娘,她没有钱,也不漂亮,而且也没有好听的名字。很少有人去找她,因为她母亲去世了。除了她的嗓音之外,我几乎什么都不知道。不过她的耳朵很灵,风儿的歌声,小溪的低喃,她都听得清清楚楚。所以,也许她能学会《河流之歌》。她叫……"

"你还是快点教我那首歌怎么唱吧。"蓝色小猫说,那个女孩的名字不重要,重要的是蓝色的月儿已经快要落下了,留给它的时间不多了。

"好吧,"河流有些抱怨,"小猫咪,你刚刚也说了,有些事儿你必须自己学习,不过你遇见困难可不是因为我。"

蓝色小猫比普通的猫要聪明,谁让它是蓝色的呢。当蓝色的月儿悄悄离开,告别地平线的时候,它已经学完了整首歌——那首和世界一样古老的歌。

"不过,最后你没准会成为一只普通的猫。"当蓝色小猫离开河边的时候,大河对小猫说。

"一只普通的猫!"学会了《河流之歌》的蓝色小猫压根不相信。"一只普通的猫!"这个可能实在是太荒谬了!

当天边露出第一抹鱼肚白的时候,蓝色小猫回到了草堆旁,猫妈妈正在等它。它最后一次爱怜地帮蓝色小猫洗干净脸,连耳朵也没忽略。粉红色的耳朵和它蓝色的皮毛凑在一起,显得格外惹人怜爱。

猫妈妈看着即将离开自己远去的孩子,看着它那雪白的长胡须,琥珀一样的圆眼睛,还有它胸前那像雪一样白的皮毛。最后,又一次认真数了一下它尾巴尖上的黑毛,认真地说,"你还是有机会变成一只普通的猫的。"

蓝色小猫一点都不想做一只普通的猫,它高高地昂起头,走出了牧场,在太阳升起之前踏上了前往城堡镇的路。它要寻找一个愿意倾听并向它学习《河流之歌》的人。它可不是一只普通的小猫,并且,总有一天它会长大的。这可不是一件小事!绝对不是!

第三章　锡匠伊本芮塞·萨尔斯梅

他的戳记是一艘大船,船帆张得满满的,下面有锡匠姓名的缩写"ES"。

——摘自一本关于美国锡匠及锡匠戳记的书

在城市的边缘地区,蓝色小猫发现了一条从大路上岔出去,蜿蜒进小山丘里的小道。一缕炊烟从小道拐弯的地方飘来,炊烟下的房子则掩映在茂密的樱桃树和桤木丛后面。蓝色小猫突然觉得,它以前听猫妈妈和大河讲的那些都很有道理。比如现在——炊烟代表食物,也代表着那儿可能有一个壁炉,正等着迎接它这只最重要的蓝色小猫。

想到这里,蓝色小猫弹跳着,顺着小道朝那栋正在冒起炊烟的房子跑过去。房子旁边,一只年轻的虎斑猫停下洗脸的动作,望着急匆匆的蓝色小猫,显得十分好奇。但蓝色小猫根本没有注意到这只黄猫,它实在是太普通了。蓝色小猫竖起自己的小尾巴,走到房子旁边的石头台阶前,信心满满地坐了下来。但并没有人打开门迎接它,于是它喵喵地叫了起来,声音越来越大。

一个姑娘听见外面的猫叫声,出来打开了门。她生得可真丑,蓝色小猫想。不过毕竟人类没有猫儿那么漂亮,而且没准她家有个漂亮的壁炉。

于是蓝色小猫绕过姑娘,打量屋里的摆设。虽然这是它第一次见到人类的房间,不过,因为它是一只蓝猫,而且大河曾告诉过它,它马上搞明白了里面的一切。

一张简陋的桌子,两把看起来硬邦邦的直背椅子,一架纺车胡乱地堆放在房间的角落。虽然有一个壁炉,但没有大河描述的那种橘红色的,像晚霞的眼睛一样柔和的火光。火苗一点都不旺盛,好像随时都可能熄掉。水壶垂头丧气地挂在火堆上方,水汽声也有气无力。这儿跟牧场比起来真是差多了,蓝色小猫想。

虽然有些失望,蓝色小猫在台阶上坐下来,唱起了《河流之歌》。

第三章 锡匠伊本芮塞·萨尔斯梅

"走开!"还没等蓝色小猫把第一句唱完,姑娘就开始驱赶它,"走开!"

但它坚持唱完了第一句。

大门关闭时扬起的灰尘呛得蓝色小猫打了个喷嚏,它看着贴着自己鼻尖的大门,气得毛都炸了起来。她居然把它拒之门外!还让它吃了一肚子的灰尘!它可不是普通的猫!还会唱《河流之歌》呢!

远处的草地上,一只绵羊看着狼狈的蓝色小猫,发出咩咩的嘲笑,但谷仓门口那只年轻的虎斑猫却友好地跟蓝色小猫打着招呼。"喵,你要去哪啊?"蓝色小猫假装没听见,沿着小道笔直地回到了它刚刚满怀希望地离开的大路上。它走啊走,一直到镇子旁边才停下。

"城堡镇的房子建得可真密,简直就像牧场里生长得密密麻麻的牧草。它们肯定是一块建起来的。"它念叨着,"让我想想,大河说过谁呢?伊本芮塞·萨尔斯梅,约翰·吉尔罗伊,阿鲁纳·海德……还有,还有谁呢?还有个木匠和一个姑娘。哼,我肯定能找到那个愿意听我唱歌的人。"

蓝色小猫在绿地旁边发现了一口井,它迈着轻快的步伐走过去,欣赏着自己的倒影。"我可是一只漂亮的蓝色小猫，不管是谁，听见我的歌声都会感到愉快，"它信心十足地想，然后又念叨着，"除了那个难看的姑娘。嗯，我得好好欣赏欣赏我自己……"

蓝色小猫往前迈了一步，欣赏着自己的胡须和眉毛，然后它把身子又往前面探了探。水面好像突然劈头盖脸地朝它砸了过来，紧接着……扑通！

井水冰凉冰凉的，它的皮毛吸饱了水，像一个沉重的包袱，拖着蓝色小猫向井底沉下去。

蓝色小猫拼命挣扎着，在井水没过头顶之前尖叫了一声，然后，它看见头顶上方出现了一张白发苍苍的脸，正低头寻找着声音的来源。

一阵让人牙酸的声音伴随着不知道是什么的东西，距离蓝色小猫越来越近。吓得蓝色小猫失去了自己所有的判断力。只能不断地默念，"太可怕了，这东西一定是黑魔咒……"而且，这吱呀叫着的东西，正打算把它一口吞进肚子里：这可比淹死可怕多了。

吱吱呀呀的声音和呻吟声在它身边停住，黑魔法将蓝色小猫整个包裹起来，"完了，我就要被黑魔法消化掉了，就像那些被我吃进肚子的老鼠一样，"蓝色小猫想，"我找不到那个愿意和我一起唱歌的人，也找不到那个和我的歌声相配的壁炉了，我真难过，没有听大河的话……"

第三章 锡匠伊本芮塞·萨尔斯梅

然后，小猫被那阵难听的声音送出了井口，一只手抓住了吊桶，另外一只手抓住了里面那个被吓得半死的小家伙，将它从桶里提了出来。蓝色小猫就这样和城堡镇的居民有了第一次亲密接触：浑身湿透，像湿漉漉的抹布一样，被人提着皮毛从井里捞起来。这太丢脸了！

蓝色小猫简直想找条地缝钻进去。但那个救了它的男人紧紧提着它的后颈皮，让它没办法逃走。它身体的每一个地方都在往下滴水，被风一吹简直凉到了骨子里。男人把它带了回去，轻轻地把浑身湿透的蓝色小猫放在一个砖块砌成的火炉前。砖块带着让人安心的温度，火光烘烤着蓝色小猫又冷又湿的皮毛，让它整只猫都放松了。

但蓝色小猫还是一动不动地躺在那儿，单单看它的表现，你会觉得它已经淹得半死了。但实际上它的身体并没有什么损伤，不过它心里十分沮丧，所以它现在只想好好休息一下，希望那个白头发男人不会记得自己这只小猫咪如此狼狈的一面。

蓝色小猫想起大河说过，这个任务是非常艰巨的，过程中充满了艰难险阻。但这种困难程度远远超出了它的承受范围。

最后，蓝色小猫还是睁开了眼睛，它看见空气中漂浮着一些细小的尘埃。然后发现在自己的身后，有一个砖块支撑着一个开放式的火炉——看上去就像铁匠铺里的熔炉，它就躺在那些砖块上。这一切都让蓝色小猫的心情好多了。

忽然，它闻到了鼻子底下的香味儿，它抖了抖胡子，低下了头。看见面前那个盛满了牛奶的小碗。蓝色小猫把牛奶喝得干干净净，舔得碗底和边沿泛起诱人的银光。然后它朝那个温暖的火炉更近了一点，这样可以把自己身上的水赶紧烘干。暖洋洋的炉火让它放松了警惕，很快它就把溺水的事抛到了脑后。

这间屋子里充满了让人愉悦的气氛，不过，蓝色小猫不是很喜欢那个摆满了亮晶晶的锡制器皿的柜台。因为它觉得那些器皿上的把手和壶嘴十分怪异。它们看起来和器皿没有任何联系，就像鱼儿身上长出了猫尾巴一样奇怪。

不过，几个盘子和一两个带把的大啤酒杯吸引了蓝色小猫的目光，这些锡器都在灯光下柔和地闪耀着。蓝色小猫不禁回想在牧场生活时，洒在河面上的月光。

"哦，小猫，你也觉得它们很漂亮，对吗？"男人问道。说着，他抬起头，把视线放在了那些漂亮的锡器上。

"那些锡器无论是料子还是配方，连模子都是整个康涅狄格州最好的。但这样一个锡器做起来实在是太繁琐

第三章 锡匠伊本芮塞·萨尔斯梅

了,而且时间也很长,所以没有什么利润。"

唔,锡器! 蓝色小猫想。这个人一定是那个锡匠了。伊本芮塞·萨尔斯梅! 嗯,妈妈和大河说得对。找到这个人真是太困难了。不但被井水淹了个半死,连脸都丢尽了。不过没关系,只要他能和我一起唱《河流之歌》,我就能永远待在这个舒服的壁炉前面了。

蓝色小猫像那天晚上一样,礼貌地将尾巴绕着身体盘起来,笔直地坐好,将锦缎一样闪光的皮毛展示给锡匠看。然后,它喵喵地唱出了第一句歌词。

"唱出你自己的歌,大河说。"

伊本芮塞·萨尔斯梅放下了手里正要修补的茶壶的烙铁,朝正在喵喵叫的蓝色小猫投去惊奇的目光。

"天哪,蓝色小猫!"他惊讶地叫出声来。这回他真真切切地感受到了蓝色小猫的不平凡。

"我的歌声是多么的惹人注意啊。"小猫心想。伊本芮塞两手托腮,像小孩子一样端端正正地坐好,望着壁炉前的蓝色毛球,眼睛眨都不眨。

"生命是空白的画卷。"

蓝色小猫继续唱。

伊本芮塞抬起眼睛,看着柜台上那些等待出售的器皿,"这些玩意儿!"他轻蔑地说,"这些玩意儿连乡下锡匠都懒得做!"他的视线扫过那些让蓝色小猫觉得怪异的罐子,糖碗,还有那丑陋的装饰们,深深叹出一口气。

"财富会像河水一样流逝,权力同月光一样无法永存。"

蓝色小猫继续唱道。

"可是财富和权力对我来说太遥远了。"伊本芮塞回答说。

"只有美会代代相传……"

锡匠盯住什么都没放的高架子。

"美会代代相传……"他重复道,"是啊,道理我都明白,小猫咪。所以我才不想让那些盘子和啤酒杯被人买走,它们是我最得意的作品。"

"唱出你自己的歌。"

第三章 锡匠伊本芮塞·萨尔斯梅

伊本芮塞盯着自己的双手。

"只要你想做,就做到最好,大河说。"

伊本芮塞又将视线转回蓝色小猫身上。

"每种形状都是上帝的杰作,每个线条都有天使吻过的痕迹。"

真的,蓝色小猫想,它简直要被自己的声音迷住了。伊本芮塞·萨尔斯梅突然站起身来,抓起柜子上那些让他讨厌的瓶瓶罐罐,将它们扔得到处都是。

突然,一个奶罐从天而降,套在了蓝色小猫竖得直直的耳朵上。它猝不及防地套上了一个"头盔",倒是像个小骑士了,只可惜"头盔"不但挡住了蓝色小猫的视线,连呼吸的空气也挡在外面了。蓝色小猫使劲挠着头上的"头盔",但它仍旧牢牢地套在自己的脑袋上。

蓝色小猫抱着头上的奶罐,在屋子里砰咚砰咚地滚了起来,一直滚到了发狂的锡匠脚边。"天哪!"蓝色小猫呜呜呻吟着,"大河和妈妈可没告诉过我,我还会遇上这种情况!"

突然,蓝色小猫觉得自己的脑袋被人拽住,简直要从脖子上掉下来。但那只是伊本芮塞想帮它摘掉"头盔"而已。

哦!天哪!罐子外面的空气真新鲜!蓝色小猫活动着自己快要断掉的脖子,又很快缩回到两肩之间,它看见男人一把将罐子扔到了熔炉的煤块上,下一秒,罐子就嘶嘶叫着,像冰淇淋一样融化成了一摊冒着气泡的金属,最后消失了。

天哪!蓝色小猫不敢想象,要是自己刚刚也被扔进去……天啊,自己肯定会变成一团蓝色的煤球,然后化成一缕青烟消失掉。睡在温暖的小窝里时,这可是根本想象不到的噩梦!蓝色小猫突然有点想念自己的妈妈了。要是……然后,它逃窜着躲过一个碟子和一只大杯子的袭击,躲到了椅背后。

这时,锡匠从柜子上抓起两个亮晶晶的茶壶,像盯着仇人一样,气愤地说,"就凭你们这难看的壶嘴,可笑的把手!还想让我把自己的戳记印在你们身上,不要做梦了!我学了那么久的手艺,难道就为了做出你们这种难看的玩意儿?"

"呸!只有阿鲁纳·海德才会喜欢这种廉价的锡器,还乐意把它们摆在他那幢大宅里。'换个新配方吧。'他这么对我说，'那样更便宜。金属越薄就越容易冲压成型，旧模子该扔就扔，这样会省下更多钱。抛光、打亮这些不必要的工序都抛掉吧。这种配方就足够了，它能让器物看上去像银器一样闪闪发亮。'"

"可是，锡永远不会变成银子，小猫咪，它们甚至称不上是真正的锡器。"

"你知道康涅狄格州最好的制锡工匠说什么吗？他很讨厌这玩意儿，那时候我还不懂他为什么要这么说，但是我现在明白了。"

"这种锡器，就像人们曾经说过的那样，表面上光鲜亮丽，实际上只是廉价货。"

"阿鲁纳只会教给你怎么挣钱，然后你就会开始盲目信任他。当初我照着阿鲁纳的意思做了，可自那以后，我就再也没有动用过我的戳记了。我对别人说，只有邻居们使用，往上面打印戳这件事没什么必要。可只有我知道，事实并不是这样的。"

"'再快点！'阿鲁纳一直在催促我。于是我做得越来越快，可是东西也越来越丑。它们就像是我的耻辱，于是我把我的印戳锁了起来。那些新锡器很快在康涅狄格流行起来，但我知道它们是不值钱的破玩意儿。"

锡匠看着蓝色小猫，不再说话了。几分钟以后，他才开了口，声音很轻，仿佛下一秒就要消失在风里。蓝色小猫尽力将耳朵竖起来，才听见男人缓慢地说：

"蓝色的小猫，我不知道为什么自己会被金钱蒙住了双眼。我，伊本芮塞·萨尔斯梅，我制作的锡器曾经可以和国王用的物品媲美。"

看出锡匠需要肯定，蓝色小猫认真地点了点头，虽然它听不太懂锡匠的话。国王这个词儿它倒是听过，但蓝色小猫根本不知道国王是什么。不过，它相信，面前的这个人已经不但听到了蓝色小猫的歌声，并且理解其中的含义。现在，只要这个人能学会这首歌，蓝色小猫就再也没有别的麻烦事了，它只需要躺在壁炉前烤火就可以了。

蓝色小猫又一次不厌其烦地唱起了《河流之歌》。伊本芮塞·萨尔斯梅在歌声里静悄悄地做着自己的活儿。

蓝色小猫趴在窗台上，懒洋洋地晒着太阳。因为还小，它经常唱着唱着就进入梦乡。醒过来就接着唱。当它从第一场梦里醒过来的时候，伊本芮塞正认真地盯着一张泛黄的纸——看上去像笔记之类的东西。他有条不紊地把分好的金属倒进一个钢制坩埚里。"这个再少一点儿，那个刚刚好……"他一边念叨，一边把坩埚放在橘色的火苗上。

蓝色小猫再次睁开眼睛的时候，锡匠正把烧到熔化的金属灌进两个模子里。几个小时后，锡匠将已经成型的铸件

第三章 锡匠伊本芮塞·萨尔斯梅

小心翼翼地从模具里取出来。蓝色小猫觉得，它们就像切开了的大西瓜一样圆滚滚的。锡匠一丝不苟地将两个铸件焊接起来。他非常的认真，丝毫不敢马虎。最后，他拿着焊接好的锡器，兴奋地开口，"接下来，只要我把它好好地打磨一下，这件美丽的锡器就完工了。"蓝色小猫好奇地凑到车床旁边，盯着飞速转动的车床。

伊本芮塞笑眯眯地把锡器举到蓝色小猫眼前。"看吧，小猫咪，仔细看。你是不是根本找不到接缝？那些技巧我可是记得牢牢的！现在我要做盖子、壶嘴和把手了。要是依旧这么顺利，就说明我还没有老呢。做这样的一个茶壶是我的梦想，小家伙。我一定会把它做出来的！只要——我有时间！"

说完，他唱着歌又干了起来。蓝色小猫心里充满了希望，因为他哼唱的正是《河流之歌》！虽然他唱的连歌词都没有，只是断断续续的曲调。

蓝色小猫也唱起《河流之歌》。心想，人类果然没有猫咪聪明，他可是只学了一个晚上。

为了早日完成自己的梦想，伊本芮塞没日没夜地干了起来。他经常连饭都顾不上吃完，就把碗推到了一边。每当这个时候，蓝色小猫会悄悄溜过来，帮他解决掉剩下的食物。

锡匠好像一点都不关心胳膊旁边的小猫咪,他现在全身心都扑到了手头的工作上。不过,让蓝色小猫满意的是,伊本芮塞的《河流之歌》唱地越来越熟练,"很快,你就可以和我唱得一样好了。"蓝色小猫舔了舔爪子,心想。

到傍晚时分,伊本芮塞·萨尔斯梅兴奋地呼喊着,"小猫咪,你看,我的梦想实现了!这是我有生以来最出色的作品!"他说。

他把自己最出色的作品捧在手里,眼睛因为兴奋而闪闪发光。烛光下,壶嘴和把手的形状优雅而舒展,与壶身浑然天成,像蓝色小猫背后的尾巴一样自然,在烛光下泛着柔和的光泽。

伊本芮塞喘着粗气,动作迟缓地坐在了凳子上。他像抱着自己的爱人一样,一只手抱住这个倾注了自己心血的茶壶,另一只手在蓝色小猫脑袋上抚摸着,"幸亏你来了,蓝色小猫。"他说。

然后他迈着迟缓的步伐,走到角落里的一口箱子旁边,庄重地取出了他的戳记。"这是我一生的荣耀!"在这一刻,他满脸的皱纹都显得严肃起来。

然后,他郑重其事地将自己烧热了的戳记印在了刚刚做好的茶壶上。

蓝色小猫弹跳到他脚下,欢快地转来转去。它的尾巴

第三章 锡匠伊本芮塞·萨尔斯梅

弯成一个圆润的弧度,映在地上的影子像极了那个茶壶。

伊本芮塞·萨尔斯梅突然开口,他一字不漏地唱出了《河流之歌》!

美不会凭空出现,
总有人要付出辛勤的汗水。
唱出你自己的歌。
好好唱,大河说,好好唱。

"瞧啊,蓝色的小猫!"锡匠将茶壶底递到蓝色小猫眼前,脸上带着幸福的微笑,"这是专属于我——伊本芮塞·萨尔斯梅的戳记!"

戳记上有一艘张满帆的大船,下方是他名字的缩写:ES。

"这个茶壶,"男人的声音激动地发抖,但是蓝色小猫听出了他的疲惫,"这件作品只有国王才配得上!别人没有资格使用它!"

他轻柔地把茶壶摆到工作台上,虔诚地将额头触在茶壶上。可是没过多久,他的手无力地垂在身侧。蓝色小猫将温热的小脑袋靠在他的手指上,但下一秒,它被他手指上的凉意惊住了。

伊本芮塞·萨尔斯梅去世了。

一瞬间，房间的各个角落里好像都响起了大河的歌声，可是这怎么可能呢？它慌乱地跑到窗前，望着笼罩着雾霭的山谷，一片凄清，除了雾，什么都没有。突然，一艘船从雾霭中驶出来，经过蓝色小猫眼前，——看上去就像伊本芮塞的戳记。这肯定是一场梦！它告诉自己。船怎么会在岸上行驶呢？而且，它更不可能开到佛蒙特的山谷里来！它跳下桌子，在壁炉旁蜷缩起来。一种从未有过的孤独像蜘蛛网一样紧紧缠住蓝色小猫的身体和心灵。

和往常一样，一位邻居准时敲响了锡匠家的门，他是来送牛奶的。可是今天没有人来开门，只有蓝色小猫喵喵叫的声音。

当他打开门走进来的时候，蓝色小猫从他脚边蹿了出去，逃进了山谷的雾霭中。它还要继续努力寻找壁炉。那天晚上，蓝色小猫不知该为自己听到《河流之歌》而高兴，还是难过。它只是觉得格外孤单。

第四章　织工约翰·吉尔罗伊

吉尔罗伊先生有一张织机,他曾织出过两块一模一样的桌布。他的朋友说,他还将镇上的建筑物织到了桌布上。

——摘自旧报纸

如果我只是一只普通的猫儿,可能就不需要为了一个壁炉受这么多苦了。蓝色小猫想。它有点想家。不过,猫妈妈没告诉过它,它的尾巴尖上有三根黑毛。而且,就算猫妈妈告诉了它,并且大河也曾做出过暗示,但是蓝色小猫依然坚信自己和普通的猫不一样。所以成为一只普通的猫,不过是蓝色小猫随便想想罢了。

早晨，阳光驱散了浓雾，蓝色小猫走在它来时的那条路上。在清晨的露水里，它在街道两旁的房子前徘徊着，仔细张望。它甚至还跳上了一栋房子的窗户，但是它发现那是间没有壁炉的帽子店。这次它想找个让自己满意的地方。一辈子那么长，蓝色小猫可要找一个舒适的地方居住，要是它能得到永恒的生命，住在什么地方就更重要了。

蓝色小猫沿着大河说的那条路，走了差不多一个半小时后，看见了一幢小房子。房门上方的牌子上，挂着一个熟悉的名字：

约翰·吉尔罗伊
织工

高高瘦瘦的织工站在招牌下面，恰好把整张脸暴露在蓝色小猫眼前。蓝色小猫好奇地看着他那双蓝色的眼睛，惊奇地发现它时不时地会变成灰色。这个人脸上深深的皱纹也勾起了蓝色小猫的回忆。猫妈妈曾经说过，苦难和悲伤虽然会随时间的流逝而消失，却会留下难以磨灭的痕迹。有些皱纹有好有坏。但蓝色小猫很确定，这个人脸上的皱纹是好的，远远地，它就感受到了男人身上散发出的善意。它肯定能在这里找到一个壁炉。

第四章 织工约翰·吉尔罗伊

约翰·吉尔罗伊一边抚摸着手下那几捆细腻的白色纱线，它们在太阳光底下泛着明亮的光泽，一边和站在他面前的两个女人说话。蓝色小猫转到女人的脚下，一边喵喵叫着，一边听他们说话。

"麻纱的质量可真好，"织工说道，"你们没少费工夫吧？"

"是啊！"年长一点的女人应道，"我母亲告诉我，亚麻在五月种下最好。"

年轻一些的女人微笑起来，她轻轻抚摸着怀里的麻纱，眼睛里闪耀出光彩。蓝色小猫一眼就看出来，她正在回忆什么东西。

年长的女人接着说："亚麻里的种子是我用麻梳一点点梳干净的，它们在小溪里浸泡着，一天比一天柔软。我把亚麻撕开，再用打麻器打掉麻秆，否则麻纱会变得硬邦邦的，再用麻梳梳掉短小的麻头，哦，这份活计干得我腰酸背痛。不过纺纱就是另一回事啦。"

天哪，蓝色小猫想，女人可真麻烦。它看了看织工，不可思议地发现他不但不觉得无聊，反而双眼发亮地盯着那女人，目光里带着蓝色小猫无法理解的神采。

"另一回事？"他追问道。

"是啊。如果我不得不干两件事，那么做完第一件以后，我会纺纺纱，好让自己放松一下。"她犹豫了片刻，认真地补充，"纺纱是一件严肃的事。"

她盯着自己的手，眼神好像在回忆，瞧，织工怀里的那捆雪白的麻纱里可是自己这双手织出来的。

"我要去你的屋子里看看，看它能不能让我满意。"蓝色小猫喵喵叫道。

但人们只顾得说话，谁也没注意到脚下喵喵叫的蓝色小猫。那个年轻一点的女人突然插话说：

"田野多像一幅画啊。亚麻花像天空一样蓝，庄稼金黄，纱线再添加上一缕洁白，这难道不是一件神奇的事吗？我编了支纺线时候唱的歌儿。"

我摇动着纺车，
雪白的麻纱在我手上盛开，
它像洁白的花朵，
映着金色的田野。

"你的亚麻漂得很白。"织工夸奖道。

"这可是我们一年的辛苦成果呢。"年长的女人说。

"更不要说那里还有一片美丽的田野了。"另一位补充说。

第四章 织工约翰·吉尔罗伊

"但是,城堡镇有那么多织工,"织工说,"我现在只织粗毛纱,而且我整天都在忙着阿鲁纳·海德的订单,我都快成为他的私人织工了。"

"因为你是城堡镇最好的织工。"年长的女人说,"我们的亚麻线应该织成世上最好的东西。"

"并且,"另一位补充说,"你来自爱尔兰,爱尔兰织工的亚麻布织得都很好,让阿鲁纳等一等吧。"

"没错,让他先等一下吧。"年长的女人点点头。

"等?让阿鲁纳等?"织工有点不敢相信她们在说什么。

"这一年对我们来说太重要了,我们想永远记住它。"年轻的女人温和地说。

蓝色小猫终于等得不耐烦了,它蹲在织工脚边,喵喵地唱起了《河流之歌》。

"田野像什么呢?"织工问,他的注意力丝毫没有被蓝色小猫的歌声吸引。

"它像蔚蓝的大海,还有闪着金光的沙滩!"年轻的女人说。她又哼起她那支纺纱歌来。

"这样的话,麻纱就像海上洁白的海浪了。"织工说,"浪花就像大海的纱线。那么,你们想纺些什么来永远记住这一年呢?"

"桌布。"两个女人同时说。年长的女人又说:"我们以前的桌布总是花花绿绿的,而对于一个家来说,雪白的桌布有很重要的意义。"

"就像去教堂做礼拜一样的神圣感。"年轻的女人表示赞同。

这时,蓝色小猫的《河流之歌》已经唱到一半。那三个人停下交谈,于是它的歌声变得清晰起来。

财富会像河水一样流逝,
权力同月光一样无法永存,
唯有美会代代相传。
唱出你自己的歌。

蓝色小猫发现约翰·吉尔罗伊听得很认真,唱得更加投入了。

歌自从前而来,
向明天而去。

"很久很久之前,那时候我还住在爱尔兰……"织工开了口。

第四章 织工约翰·吉尔罗伊

"看来你答应了,愿上帝保佑你!"年轻的女人兴高采烈地说,把手里的麻纱捆塞到了织工手里。他伸出胳膊,神情严肃地接住了它。

紧接着,两个女人转过身向路边走去,那儿停着一辆马车,一匹温顺的母马正耐心地等待着。她们一前一后踏上了马车,年长一些的女人拉起缰绳,扬起马鞭,马车晃晃悠悠地离开了。蓝色小猫蹲坐在织工脚下,一边唱歌,一边调皮地追赶着垂下来的纱线跳来跳去。

"生命是空白的画卷,需要有人为它涂抹颜色。"

"我曾经也这么执着,小猫咪,"约翰·吉尔罗伊叹了口气,提着纱线逗着蓝色小猫玩,"你唱得真好听,来,进来瞧瞧吧。"

你瞧,只要你相信自己是独一无二的高级生物,别人也会相信你。

蓝色小猫吃了一顿丰盛的早餐——炸得两面金黄的玉米饼,还有香喷喷的熏肉。蓝色小猫吃得兴高采烈,而织工则安静地坐在那里,抚摸着那捆像雪一样洁白的麻纱。

"很久以前,我有幸去过一趟中国,在那儿遇见过一种非常珍贵的线,叫蚕丝。这捆纱线和蚕丝有非常相像的地方。"蓝色小猫轻轻触碰了一下他的裤脚,证明自己明白了。

织工腾出手来，把蓝色小猫抱进了怀里，"你说，我把那座宝塔织上去，怎么样？"

蓝色小猫喵喵地唱了起来。

财富会像河水一样流逝，
权力同月光一样无法永存，
唯有美会代代相传。

织工摩挲着蓝色小猫柔软的皮毛，说："你唱得真好，小家伙。那座宝塔可能已经垮塌了，当初我乘坐的那条船可能也早就沉没在暴风雨里了，没准人鱼们已经把我们曾经的床位变成了它们的乐园。但是记忆是属于我一个人的，我可以让它们变成图案，永远地留在这块白色桌布上，那两位女士一定会满意的。她们懂得什么是生活。我想，她们肯定生来就知道，什么是美、平静和满足。"

"来吧，让我们去外面逛逛。"

这个主意听起来比他们的谈话有趣多了。蓝色小猫跟在织工身后，喵喵地叫着。

"我要给她们织一块特别的桌布，小猫咪。"织工往外边走边说，"一块足以珍藏进博物馆的桌布。我敢打包票，就连上帝都会对这块桌布上的花纹赞不绝口。"

第四章 织工约翰·吉尔罗伊

那个上午,约翰·吉尔罗伊和蓝色小猫走遍了整个城堡镇,把那些古老而优雅的建筑一栋栋地画在了纸上,他画画的时候,蓝色小猫乖巧地坐在旁边,心想,"这个人画的画还不错。"

"这是雷明顿酒馆,"织工说,"我要用简洁的线条把它织到桌布上,这种酒馆通常都充满了历史。我还在爱尔兰的时候,男人们喜欢聚集在里面高谈阔论,谈论着自由与和平,然后义无反顾地走上战场。等到以后,只要人们看见桌布上的老酒馆,就会想起那段充满硝烟和战争的岁月,对了,还有那座传奇的要塞。紧接着他们就会讲起塞缪尔·比奇的故事,那个英勇的小伙子徒步穿越了六十公里的山路,把四面八方的英雄聚集在这儿——就是这个小酒馆,我们永远都不能忘记这件事。"

"喵!"蓝色小猫赞同地叫了一声。

"还有这个,佛蒙特州第一所医学校,不过它很快就要被关闭了。不过没关系,我的桌布会把它永远保留下来的。"

然后,织工将铺满玫瑰色墙砖的铺子和即将拆除的老教堂添了上去。

"邻居们说,新教堂的建造已经提上日程了,听说那是一座很宏伟的建筑物,"他说,"虽然老教堂确实有点古板,不过它代表着城堡镇的历史,就把它也织进去吧。"

"喵!"蓝色小猫表示同意。

一人一猫推开了织工的店门。

织机上有一匹织到一半的布料,黑色和白色乱糟糟地混杂一起,看起来又俗又丑。"这是阿鲁纳最喜欢的羊毛呢,"织工叹了口气,"而且他最喜欢黑白混织布。但是说实话,它真的太丑了。唉,织亚麻布是一件多么幸福的事儿啊!"

他解脱般把织了一半的羊毛呢取下来,连带着纱线一块抛到了角落里。蓝色小猫看着这堆柔软而蓬松的东西,满意地卧了上去,唱起歌来。

没多久,约翰·吉尔罗伊也唱了起来。歌声欢快地飘荡在屋子里,花朵和纹样在歌声里伴随着他的手指,一寸寸地生长。踏板声和梭子穿过经线纬线的声音也和歌声一起打着节拍。但那不是蓝色小猫熟悉的《河流之歌》。不过蓝色小猫并不觉得沮丧,要知道,即使是伊本芮塞·萨尔斯梅这个曾经会唱《河流之歌》的人,还花了一段时间才重新唱出来,更不要说从来没唱过这首歌的约翰了。

层层纱,三上一下。

两上一下,织出一座宝塔。

谁也不要忘,大河说。

好好唱。

大河说,好好唱。

梭子穿过层层纱,

结子换边把线压。

布料描绘了冬夏,

把回忆织入手下,

把回忆同歌声糅杂,

那双创造美丽的手啊,

把回忆变成画。

好好唱,大河说,好好唱。

越来越多《河流之歌》的词句悄悄织进了织工的歌里。蓝色小猫心想:"这样下来,过不了多久他就可以学会这首歌。"可是过了一会儿,他又一句都唱不出来了。蓝色小猫有点失望,但是这种情况并没有持续太久,因为在一个早上,织工的歌声回荡在清晨清新的空气中,那是一整段完整的《河流之歌》。

"歌自从前而来,向明天而去。"

"等这项工作完成,"织工向蓝色小猫说,"我要织一块更美的布,把我所有的美好回忆还有值得期许的明天都织进去。这是多么棒的一件事儿啊!"织工快乐地唱着歌,他的双手在织机上来回穿梭。

那天上午,约翰·吉尔罗伊的歌唱得越来越熟练,他眼睛里的神采仿佛在对蓝色小猫说,"相信我是不会错的,再给我几分钟,只要几分钟就好,我就可以把整首歌完完整整地唱出来了。"望着织工快乐的表情,蓝色小猫也兴奋起来,它的任务就要完成了。

织啊,织啊,
我的手在纱线中穿梭,
织出一寸寸的花朵,
织出瑰丽的梦境,
挥动翅膀,
从城堡镇飞出,
向遥远的中国前进……
"唱出你自己的歌……"

约翰·吉尔罗伊摇晃着脑袋,唱道。突然,店外刺耳的喝马声打断了这欢快的气氛,紧接着,马蹄声,皮靴声,敲

第四章 织工约翰·吉尔罗伊

门声交叠在一起,嘈杂而急促地响了起来。

蓝色小猫不知所措地从自己舒服的垫子上抬起头来,看见织工原本欢快的脸上带上了一丝惊恐。

门外的人已经不耐烦地打开屋门,自己走了进来。他一进来,原本充满阳光的屋子突然变得阴暗,像有一团乌云笼罩在房间上空。那个人用一双漆黑阴沉的眼睛狠狠地盯着已经变成木雕的织工,那凶狠的眼神把蓝色小猫吓了一大跳,它一直以为人类都是友好的生物——怎么会有这样的人呢?

"快,吉尔罗伊!"男人急促地说,"我的布料呢?快把我的布料取出来,签闪电列车合同的时候我还要我的新衣服,裁缝已经在等了。你应该早点给我送过来的,我时间很紧。"

"列车?那是什么东西?"蓝色小猫有点好奇,但是没有人解答它的疑问。

男人表现得格外焦急,他举着自己的鞭子,在屋子里转来转去。他的双手不停动作着,连脸上的皱纹都透露着焦虑。"他说的是我身子底下这块布吗?听他的语气,这块布一定很重要。"蓝色小猫心想。

"快点!"他不住催促着,"快把我的布料给我。"

蓝色小猫谨慎地,一步一步地藏在了身子底下的呢料里,顺着呢料的缝隙观察着。它那琥珀色的眼睛惊奇地发现,织工的背变得佝偻起来,原本展现出善意的皱纹松垮地向下,他努力地想要用自己瘦弱的身体挡住他织的东西,但是结果却很徒劳。

他害怕了,蓝色小猫想。人类怎么会害怕人类呢!虽然不敢相信,可是织工的手再也没有之前的灵活,它们在蓝色小猫眼皮子底下哆嗦得更厉害了。

"快!"男人咆哮起来,"我的布!"

"但是……"约翰·吉尔罗伊不知道该怎么说。

"你还没做完我要的东西吗?"对方催促道,"那你现在在织什么?"那个男人拿着他的鞭子,鞭梢指向了已经快要织完的、洁白的桌布。

"我——我在唱我自己的歌,先生。"可怜的织工嗫嚅着。

"所以呢?"

"就是编织,这样值得永远留下来的桌布。您看,它是不是很漂亮?"

"那和我有什么关系!"男人暴跳如雷地挥动自己的鞭子,织工的身体抖动了一下,显得更害怕了。而蓝色小猫悄悄地藏进呢料深处,只露出一只眼睛,观察着面前的两个

第四章 织工约翰·吉尔罗伊

男人。

"好看能当饭吃吗？好了，我现在愿意双倍付你的工资，你现在，立刻马上开始加工我的布料，一定要准时完成。"黑衣人随手从衣兜里掏出几枚金币，施舍一般地抛在那块雪白的亚麻布上。

"你只能为我——阿鲁纳·海德——工作！"他说。

阿鲁纳·海德，大河提到过的那个人！蓝色小猫惊诧地将眼睛瞪得更大。就看现在这种情况，无论如何，它肯定不会走进这个人的家门，管他是什么人。绝对不会！

织工沉默着，仿佛忏悔一般地垂下头，蹲下来捡起了掉在地上的金币，连同亚麻布上的金币一起小心地放进衣兜。"是的，先生。"他说，"您的布料一定会准时完工。"他现在已经完全失去了之前的精气神，整个人都苍老了。蓝色小猫心想，他的肩膀都垮下来了"我会尽快织完的，先生。"他说，"请您再等上一小段时间，我会给您送到宅子去。"

阿鲁纳·海德趾高气扬地走了，可是织工身上却笼罩上了一层浓浓的忧伤。最终，织工眼睛里的光彩黯淡下去，整个人都颓丧了。他是被黑魔咒吞噬了吗？蓝色小猫心想，一动不动地盯着面前的织工。

"梦想是最廉价的东西。那块比白桌布更美的布，就是一个愚蠢的梦想。阿鲁纳说得对，这个世界上，除了金子，其他东西都是胡说八道。只有金子，只有金子是真实的。"可是织工的眼泪却流了下来。

"唱出你自己的歌。"蓝色小猫喵喵叫着，想要鼓励他继续唱。

而织工打开了门，对蓝色小猫说，"你不能再留下了，小家伙，离开这里吧。"他说，"这儿不适合你。"

蓝色小猫走出了织工的房门，沮丧地回过头，望着那扇严丝合缝的门。心里难过极了，难道，自己连一个能学会《河流之歌》的人都找不到吗？还是说，自己其实只是一只平凡的小猫？

第五章　阿鲁纳·海德与黑暗魔法

从出生开始,我就居住在阿鲁纳·海德那幢大宅的隔壁。这实在是一栋漂亮的房子。从外面看,整栋房子都是用结实漂亮的大理石砌成的。房子前面有一条闪闪发亮的走廊,走廊旁边竖着很多柱子,那些柱子也是大理石的。它们在阳光下闪着漂亮的光芒。不过,听我父亲说,那些柱子其实是砖砌的,只是涂上了一层灰泥,看起来才和大理石一模一样。等到那些灰泥不再牢固地粘在柱子上的时候,孩子们就该远离这座漂亮的宅子了。"阿鲁纳·海德最喜欢的就是这样的建筑。这简直和他本人一模一样。"

——引自镇上的旧书信

在城堡镇,和之前的两个人待在一起的时候,蓝色小猫经常听到门外传来震耳欲聋的噪声。后来,它才看见噪声的来源。驾车人坐在马车上,手里紧紧地握着缰绳,同时挥动马鞭,不停地抽打着已经在拼命奔跑的马儿,嘴里还急促地吆喝着,"再跑快点,跑快点!"

蓝色小猫一直不能理解这种现象。猫妈妈和大河也从来没有给它解释过,猫只有在捉老鼠的时候才会爆发出惊人的速度,可它们那样做是有原因的,这些马儿又是为什么呢?

看着飞驰的马蹄,蓝色小猫有点瑟缩。它知道那非常危险,要是一不小心窜到了马儿的蹄子下面,被狠狠踩上一脚……蓝色小猫不敢想象了,它乖乖地走到了距离马蹄最远的大路边缘,沿着沟渠漫无目的地闲逛起来。它记得,大河给它的名单上,下一个就是阿鲁纳·海德,但是蓝色小猫没有一点要去寻找这个人的兴趣。阿鲁纳给它的印象实在是太差劲了。管他是不是大河推荐的人呢,蓝色小猫一点都不想再看见他。

但是,没走几步,蓝色小猫就被身后传来的巨响吓得跳了起来。它匆忙地回头,看见一辆正朝自己狂奔过来的马车,马蹄急促地敲打在地板上,挥动的皮鞭在空气中发出一声声脆响。第一匹马飞奔过去,扬起一团尘土,小石子像

第五章 阿鲁纳·海德与黑暗魔法

雨点一样噼里啪啦地砸到了蓝色小猫身上。它觉得自己简直倒霉透了。但现在明显不是伤春悲秋的时候，蓝色小猫观察了一下，朝路边使劲跳了过去，想要躲开这一团沙尘。但是，它在半空中被拦截下来了：从车夫座位那里伸出了一只手，将它拎了起来。

一阵巨大的力道作用在蓝色小猫身上，震得它四肢隐隐发麻，但是并没有受伤。它四脚朝天地摔在马车的座位上，急促地呼吸着，半天都没缓过劲来。

"刚刚发生了什么，"蓝色小猫使劲回想着，觉得自己脑子里飞了一千只蚊子，嗡嗡地响。就在这时，将蓝色小猫捞起来的那个男人哈哈大笑起来，边笑边说，"小家伙，吓到了吧。哈哈哈，除了我阿鲁纳·海德，没有任何人能跟我一样快！"男人将鞭子甩得更响，志得意满地冲着马儿嚷嚷着，"跑快点！我要比昨天更早回到我的大宅！"

皮鞭残忍地落在马儿身体上。

蓝色小猫费力地翻了个身，趴在座位上，有些胆怯地思考着如果自己从马车上跳下去，能不能逃走。然后它打量了一下路两边像箭一样飞逝的景色，打消了这个不切实际的想法。开玩笑，要是从跑得这么快的马车上跳下去，它非得摔个半死不可。阿鲁纳的笑声让它想起了大河曾说过的黑魔咒，蓝色小猫有点害怕。

不过，蓝色小猫心想，大河曾经重点提过这个人。虽然他看起来很凶，但是没准他家里有一个温暖的壁炉，配得上它这只高贵的蓝色小猫。再说了，这个人肯定是个厉害人物，织工是多么害怕他啊。

突然，蓝色小猫的记忆深处传来了大河的声音，可是它听不清楚。好吧，蓝色小猫承认，那个晚上它并没有认真听大河的话，但是那怎么能怪在它头上呢，它还是只小猫，困了当然会打瞌睡。虽然打瞌睡的时候它还做了个梦，在梦里，蓝色小猫有点迷惑，它不记得梦里有什么了——那真的只是一场梦吗——蓝色小猫的左耳朵不安地抖动着。

"千万不要在阿鲁纳面前唱你的歌！"

这个记忆是在逗我吗？不唱歌的话，我待在家里不就好了，干吗要到这儿来？

"唱出你自己的歌。"

蓝色小猫喵喵地唱了起来。可是不知道为什么，它的歌声像风干了的苹果一样干涩。

伴随着蓝色小猫的歌声，阿鲁纳的鞭子啪地抽在了马儿的肋间，像是在给蓝色小猫伴奏一样。

"快点，再快点！只剩下一分钟了！不然我们就要比昨天还慢了!"阿鲁纳咆哮道,"我绝对不容忍这种事情发生!"鞭子冲马儿们呼啸而去,男人的眼睛紧紧盯着镶嵌在车前的钟表,显得焦躁无比。他还要再快一点!

"唱出你自己的歌!"

蓝色小猫盯着阿鲁纳,唱道。

"我正在唱,你听不见吗?"他举起鞭子,脸上的表情得意极了。蓝色小猫这时候和拉车马儿们一样了,一起发起抖来,阿鲁纳却喊着:

"我会成为这个世界的中心!无论在城堡镇还是在这个宇宙!"

还没等蓝色小猫唱出第二句,他们就在一栋豪华的建筑前停了下来。大理石的建筑物在阳光下闪闪发光,显得金碧辉煌。在屋前的走廊上,一排高大的柱子很快吸引了蓝色小猫的视线。

跟锡匠和织工简陋的住处比起来,这儿看起来简直就是宫殿了。蓝色小猫心想,这个人家的壁炉一定更豪华。它从马车上兴奋地跑了下来,伸出爪子,在距离自己最近的白色柱子上挠了一下。

结果一层白色的粉末呛得蓝色小猫打了个喷嚏。毕竟这根柱子并不是真正的大理石，它们只不过是刷上了一层廉价的灰泥。但是蓝色小猫并不知道。它只知道这些灰尘把它呛得一直打喷嚏，它简直无法呼吸了。

阿鲁纳带着笑容，把正在打喷嚏的小猫拎了起来。"漂亮的小家伙，"他嘿嘿地笑着，眼睛里闪着蓝色小猫看不懂的光芒，"我会让你过上以前从来没有过的好日子。我会让你每天吃得饱饱的，直到……"蓝色小猫喵喵地叫着，心想，虽然这个人看起来很凶，但是对它倒是很不错，没准这个男人也会满足自己的条件。于是，蓝色小猫满怀希望地说，"我想有一个壁炉，而且你要和我一起唱歌。"

蓝色小猫的左耳朵再一次不由自主地抽搐起来，"小心阿鲁纳！千万不要在他面前唱你的歌。"

但蓝色小猫没有理会这个声音，它跟在阿鲁纳身后，走进了这座金碧辉煌的大宅子。

阿鲁纳·海德将倒满黄色奶油的银碗推到蓝色小猫面前，小猫看着这个碗，想到了伊本芮塞·萨尔斯梅曾制作的那些廉价的锡器——虽然阿鲁纳声称这是银的，不过奶油倒是十分美味。蓝色小猫将奶油一滴不剩地喝干了。虽然它觉得自己的身体突然变得笨重起来，但是这种吃穿不愁，整天都能在壁炉旁边休息的日子实在是太惬意了。

蓝色小猫几乎立马适应了大宅的生活。它懒洋洋地在

第五章 阿鲁纳·海德与黑暗魔法

壁炉旁边躺了下来,观察着大宅里每天发生的事。

快!快!快!透过大宅的门口,它看见车夫们耀武扬威地挥着马鞭,一辆又一辆载着乘客的马车停在门口。马儿们都疲惫不堪地喘着粗气,白气从它们的鼻孔里喷出来,汗水打湿了地面。

马车里的人们匆匆忙忙地被领进大厅,然后连气都没有喘匀,就再次被仆人们急急忙忙地领到桌前。

"快!快!"阿鲁纳催促着,向那些端着饮料的女人一刻不停地喊叫。她们匆匆地将手里的饮料放在桌子上,然后再急急忙忙地端上第二杯。

"再快点!快!"他也催促着远道而来的旅行者们。还没等阿鲁纳说完,一阵阵急促的喇叭声就会打断他,然后那些远道而来的人们就会急匆匆地跑出去。皮鞭的声音在空气中如鞭炮一样响个不停,大宅每一天都烟尘滚滚,从来没有安闲的时刻。

阿鲁纳在大厅里跑来跑去,一直叫嚷着,"快点,快点!"

往北去的驿车已经迟到了五分钟了,"晚了!晚了!"阿鲁纳烦躁地挠着自己的头发,难过得几乎要哭出来,"晚了!晚了!"

蓝色小猫被阿鲁纳从摇椅上抱起来放到一边去。大厅里的人实在是太多了,这么一只小猫咪连壁炉旁边那一块小小的休息的地方都守不住了。但是不论它趴在哪儿,阿鲁纳总是把它挪开,有时候还用穿了靴子的脚把它拨开。蓝色小猫觉得自己的尊严受到了挑衅。

不过,在吃的东西上,阿鲁纳从来没有亏待过它。美味的奶油每天都有,装在亮闪闪的"银碗"里。它的零食碟子里从来没有空过,不是猫咪最喜欢的红点鲑,就是香喷喷的鸡肉,高高地堆在那里。

日子一天天过去了,蓝色小猫越长越肥,它的眼睛失去了原有的神采,它的动作失去了原有的敏捷。而且,它已经很久没有唱过《河流之歌》了。大河、锡匠还有雪白的桌布,遥远得仿佛发生在上个世纪。

阿鲁纳经常会停下来抱抱它,但是那并不是爱抚,它看上去更像是在掂量什么。但是蓝色小猫被奶油糊住的思绪已经无法思考了。直到那天,他满意地掂量着蓝色小猫说:"你终于长大了,小家伙,等你再长胖一点,再胖一点……"他咧着嘴笑了起来。

蓝色小猫琥珀色的眼睛瞪着阿鲁纳,男人说话的语气让它有了一种奇怪的预感。那个词是什么来着?不祥的预感!对,不祥!

蓝色小猫晃晃脑袋,努力把这种感觉抛到脑后。这段

第五章 阿鲁纳·海德与黑暗魔法

时间,阿鲁纳总是很忙,小猫又不忍心打断他,现在,它意识到自己耽搁了太多时间。恰巧阿鲁纳今天有时间和蓝色小猫聊天,蓝色小猫也是时候把《河流之歌》教给他了。

"和我一起唱吧!"蓝色小猫喵喵地叫着。

歌自从前而来,向明天而去。
唱出你自己的歌。

阿鲁纳打断了蓝色小猫。他仰起头,倨傲地说,"我不需要向任何人学习,我是城堡镇最伟大的人。在这个城镇里,没有任何一个人能像我一样,白手起家,创建出这么大的事业,成为人人羡慕的对象!"然后,阿鲁纳陷入了自己的回忆,"刚来到城堡镇的时候,我不过是个一无所有的穷小子,靠亲戚接济才能吃上一顿饱饭。但是我一点儿也不想过这样的生活,于是我去找工作,无论是什么样的活儿我都干,只要能养活自己。我拼命地干活,想多攒下一些钱。后来,我用我攒下的那些钱买下了我第一次工作的那家商店。商店越开越红火,我的钱也越来越多。于是磨坊、采石场、学校还有其他的什么,我一点一点得扩建我的生意规模。我的生意越来越大,挣的钱越来越多,也得到了权力。人们都对我鞠躬,对我歌功颂德,金钱,权力,尊敬,该有的我都有了。我成了城堡镇最伟大的人……"

"可是你要听我唱歌!"蓝色小猫反驳道,"要知道,我可是一只蓝猫……"

阿鲁纳瞥了它一眼,说,"蓝猫?蓝猫没什么稀罕的,要知道这个世界上可不仅仅只有你这一只蓝猫,但是阿鲁纳·海德只有一个,那就是我——城堡镇最伟大的人。所以你应该听我的。等我签完闪电列车的协议,城堡镇会更加繁华,它会变成地图上的红色五角星,会变成佛蒙特州的中心,甚至是整个宇宙的中心。而这一切,都是因为我!"

"行了行了我知道了,别说了。"蓝色小猫嘟囔道。

阿鲁纳假装没有听到。

"街道因为我变得宽阔平整,房屋和店铺也因为我建地越来越多,还有这座大宅,也是因为我才会出现。小猫,你听见外面的马蹄声了吗?它们应该再快一点!"

> 那日行千里的驿马,
> 从城堡镇奔向四面八方。
> 马蹄声敲打在谁的心上,
> 皮鞭让马匹跑得更快。
> 日行千里,奔如闪电,
> 从查普伦湖的岸边,

第五章 阿鲁纳·海德与黑暗魔法

向泰孔德罗加和乔治湖奔去，

向圣约翰和蒙特利尔奔去，

骏马跑过奥尔巴尼城，

纽约城近在眼前。

我的车马带着我的名字，

阿鲁纳·海德走遍整个世界，

没有谁比我更伟大，

黄金围绕着我，

宇宙围绕着城堡镇，

而我，阿鲁纳·海德，将是……

"喵——呜！"蓝色小猫的声音带上了成年猫的穿透力，现在它基本上已经长大了"求求你不要再唱了，停下吧。我曾经听说过……或者是做梦梦到过，城堡镇正酝酿着可怕的黑魔法，酝酿黑魔法的人就是你。你已经被黑魔法蒙蔽了双眼。阿鲁纳·海德，快停下吧！为了城堡镇，快住手吧！"

但阿鲁纳压根不在乎，"建造宅子的大理石是我的采石场采出来的，屋顶上的石板也是我自己的。"

"生命是空白的画卷，需要有人为它涂抹颜色。"

蓝色小猫大声唱了起来。它一定要让阿鲁纳收手,并且,它才不是所谓的稀罕的小猫,它是传递信仰的蓝色小猫!对它来说,自己的歌才是最重要的。

"我只会数钱。"阿鲁纳有些粗鲁地回答。

"财富会像河水一样流逝,权力同月光一样无法永存,唯有美会代代相传。"

蓝色小猫已经不再是以前的小猫崽了,它已经是一只成年蓝猫了。

"胡说八道,全都是歪理!"阿鲁纳吼了起来。

"如果你要做,就做到最好。"蓝猫说。

"速度才是最重要的。"阿鲁纳反驳说。

"每种形状都是上帝的杰作,每个线条都有天使吻过的痕迹。"

"线条不重要,表面上看得过去就行了。"阿鲁纳的声音尖利起来,"再摆上一件稀罕的玩意儿,比如,一只胖到连路都走不利索的蓝猫,然后旅行者们就会像回巢的蜜蜂

第五章 阿鲁纳·海德与黑暗魔法

一样涌进我的大宅。宅邸是个好名字,蓝猫,我这么叫你是因为你已经成年了。总不能所有地方都叫酒馆。"

美不会凭空出现,
总有人要付出辛勤的汗水。

蓝猫从没这样酣畅淋漓地唱过《河流之歌》。长大以后,它的声音变得低沉悦耳,它的歌声比以前更加悠扬了。最后一句唱完之后,蓝猫盯着阿鲁纳,有些怜悯地说:"阿鲁纳·海德,我是绝对不会待在你那幢老宅子的窗户后面,为你吸引游客的,你不要做梦了!"

"我根本没有征求你的同意!"阿鲁纳哂笑道,"我只需要一个标本。"说着,他伸手抓向肥胖的蓝猫。

蓝猫挣扎着想逃出他的魔爪,拼命撕咬着。但是这段时间里增加的体重让它精疲力尽。

就在这时,马车的声音打断了这场斗争,阿鲁纳必须立刻去门口迎接客人,但是他仍旧紧紧攥着蓝猫的尾巴,不让它逃开。

蓝猫使劲挣扎了一下,用十二分的勇气,从他手里救回了自己的尾巴。然后,像一颗离膛的炮弹般冲出了大宅的门口,只留下了几根猫毛在阿鲁纳手里。笑话,命比毛可重要多了。蓝猫想着，用自己最快的速度逃离了这座大宅。

　　这大概是它在阿鲁纳这学的最有用的东西了，要快！它朝着牧场的方向一路狂奔，跑过铺满玫瑰色墙砖的商店，跑过织工的房间，跑过锡匠已经紧紧锁上的房子，跑过小镇边缘的教堂和绿地旁边的小屋。蓝猫拼命地跑着，最终，筋疲力竭地藏到了路边的桑树丛里。它一边喘着粗气，一边庆幸自己逃了出来。但是尽管在这样的处境下，它依旧对阿鲁纳·海德充满了同情。

　　速度，金钱，权力。这就是黑魔咒力量的来源，因为这些东西，城堡镇的美，平静和满足逐渐被吞噬，它们像鞭子一样，不，比鞭子还要凶狠地驱使着人们。

　　"'失败的那个，就会被自己歌中的力量压得粉碎'大河就是那么说的，虽然我那时候困得要掉进河里，可是我记得很清楚，可怜的阿鲁纳，"蓝猫开始抽泣，"可怜的人。"

　　两颗水晶般的眼泪从它琥珀色的眼睛里滴落。这时，一阵令人毛骨悚然的声音传遍整个山谷。刺耳的声音随着风在山谷里四处游荡，比猫头鹰在午夜的啼鸣还要令人恐惧。

　　蓝猫背上的毛突然直竖起来，它从没听见过这么尖利的声音。它闭上眼，困倦像潮水一样涌上来把它淹没了。可

第五章 阿鲁纳·海德与黑暗魔法

是它没办法睡着，因为它的思绪活跃得就像阿鲁纳倒进碗里时打旋的奶油，它觉得自己更累了。这种奇怪的声音应该是属于未来的吧。猫妈妈说过，蓝色小猫常常会听到普通猫咪听不到的声音。

它和普通猫咪的区别大了去了，蓝猫艰难地想着，身体上的不适更加严重了，它甚至怀疑阿鲁纳是不是在它的奶油里下了毒，好让自己在找到那个能唱出《河流之歌》的人之前就遗憾地死去。这太可怕了。

作为一只蓝猫，找到自己的壁炉就那么困难吗？天啊！尾巴尖传来轻微的疼痛，它这才想起来自己的尾巴上有好几根毛被连根拔起。蓝猫觉得更难受了，它从来没有像现在一样想要成为一只普通猫咪，这样它就可以随随便便地找一首歌，然后在一个舒服的壁炉休息，再也不需要经历这些苦难了。至于城堡镇，谁爱拯救就拯救，这和它一点关系都没有。

但是蓝猫并不知道，它尾巴尖上被连根拔起的那几根毛——就是那三根黑色的毛，它变成普通猫咪的唯一希望，已经断送在了阿鲁纳手里。从今以后，它都只能是一只特殊的蓝猫，直到它生命的终结。

第六章　塞万努斯·格恩西家的谷仓猫

谷仓猫的天性是捉老鼠。

——《猫学研究》

猫，肉食性动物，在城市中被人作为宠物豢养，乡下多用来捕捉老鼠。

——《韦氏大辞典》

当蓝猫再次醒来的时候，它身上那些多余的脂肪仿佛已经消化干净了。空空如也的肚子让它觉得很不习惯，它心想，自己一定在这儿睡了很长的一段时间。要不是因为……因为什么？蓝猫虚弱地思考着，"我那时候像做些什么来

第六章 塞万努斯·格恩西家的谷仓猫

着?"

除了记得当时自己好像要去什么地方,拼命奔跑,像闪电列车一样——这是什么新鲜东西?蓝猫的脑子一片空白。

蓝猫强忍着身体上的酸痛,坚持坐了起来,费力地爬到桑树丛的另一侧。然后,它看见了一条从大路岔出来的小路,尽头蜿蜒进一座小山丘。一缕炊烟从小道拐弯的地方飘来,炊烟下的房子则掩映在茂密的樱桃树和桤木丛后面,在一片鲜艳的树木中,小屋显得灰扑扑的。"我是不是来过这里?或者我就是要来这儿的。"望着那条看起来十分熟悉的小路,蓝猫心想。

想到这儿,它哆哆嗦嗦地站了起来,摇摇晃晃地穿过大路,走到小路上。因为疼痛,它不得不走两步就停下来休息一下。吃不饱导致我看起来垂头丧气的。蓝猫想。拐过弯,蓝猫抬起头,发现那座没粉刷过的小房子已经近在眼前了,旁边的谷仓门口有一只正在洗脸的黄色虎斑猫,它友好的跟蓝色小猫打着招呼。这只猫看起来有点眼熟,蓝猫有气无力地回应了它一下。然后,虚弱的蓝猫突然感觉眼前天旋地转,它筋疲力尽地倒在了谷仓门口。

当蓝猫再次醒来的时候,它发现自己正蜷在一个用很多草叶铺成的温暖而舒适的窝里,既能晒到太阳,下雨的时候也不会被淋到,暖和又舒服。奶牛咀嚼干草时发出满足的哞哞声,还有母鸡迎接新生命时的咕咕声交织在一起,显得格外静谧。伴随着穿过窗户的一束阳光,蓝猫感受到了久违的平静。

空气中充满了干草的香气,和阳光的气息混合在一起,显得格外静谧。在这里,美、平静和满足在空气中缓缓流淌着,时间仿佛变得黏稠,甜蜜而动人,只有蓝猫例外。因为它饿得连最微弱的喵喵声都发不出来了。在猫咪肚子饿的时候,什么美好的东西都不如一只老鼠,哪怕是一只没多少肉的小老鼠呢。

就在这时,那只黄色虎斑猫悄悄地走进了干草棚,冲着蓝猫摇了摇尾巴,将嘴里叼着的一只肥老鼠放在蓝猫的面前。然后,虎斑猫歪头看着蓝猫,往后退了两步,笑眯眯地说,"快吃吧。"

"真是太谢谢了。"蓝猫的肚子吃得饱饱的,它四下张望着,终于感受到了谷仓中那让放松的静谧气氛。它蜷在干草上,发出呼噜呼噜的声音,"嗯嗯,这简直像国王的早饭一样丰盛。"

"国王是什么?"虎斑猫瞪大了好奇的眼睛,问道,"我只是一只谷仓猫,知道的东西太有限了,如果我也是只蓝猫,那就太好了,嗯,你是国王吗?"

第六章 塞万努斯·格恩西家的谷仓猫

蓝猫扬起头来,感觉自己的虚荣心得到了满足,虽然它也并不知道国王到底是什么,但是这并不妨碍它感觉到自己高猫一等,毕竟,它可是一只蓝猫呀。

"不是,我只是一只蓝猫。"它回答道,"蓝猫们都会唱一首歌,"它兴致勃勃地想将这首歌唱给它听听,但是蓝猫发现自己的脑子里一片空白,"那首歌怎么唱来着?"

谷仓猫说道,"我也有我自己的歌——《猎手之歌》。毕竟捉老鼠是我的天职。我相信总有一天我会成为城堡镇最厉害的捕鼠能手。"

"唱出你自己的歌。"蓝猫大声说,"是这句!我的歌就是这么开头的,但是,接下来那首歌怎么唱来着,嗯,谁教给我的这首歌来着?"蓝猫再次陷入了沉思。

"你先养好自己的身体吧。"谷仓猫一边说,一边把蓝猫领到了牛奶碗前面。

"想喝牛奶的时候你可以到这儿来,"谷仓猫说,"昨晚的牛奶是塞万努斯·格恩西送来的,今晚轮到他女儿泽鲁阿。每到冬天的时候,塞万努斯都会到康涅狄格州去打一些零工,到春天再回来。所以大多数时候,泽鲁阿都是一个人孤零零地待在家里。她母亲很早就去世了。嗯,这姑娘生得不是很漂亮,她总是觉得没有人喜欢自己,所以也没有什么朋友。不过她从来没忘记过照顾我们。"

突然，谷仓的门闩响了一声，提着牛奶桶的泽鲁阿走了进来。

蓝猫惊诧地睁大了眼睛，天哪，在它刚刚离开牧场的时候，它遇见的第一个人就是这位姑娘，它当时还想在这个姑娘的家里找到那个壁炉，于是就坐在她家门口的石阶上唱歌，唱着那首……那首什么歌来着？蓝猫们是带着使命降生的，它们必须，必须……天啊，它的脑子又开始混乱了。蓝猫的心里充满了无人解答的疑惑。

时间一天天过去了，蓝猫一直住在谷仓里。翠绿色的树叶逐渐变成金黄，又从树上纷纷落下，空气越来越冷了，就连谢得最晚的花也在秋风里渐渐枯萎了，房子门口的樱桃树也在风中一天比一天瑟缩。鸟儿们都离开了寒冷的北方，飞到南方过冬。

北风呼呼地刮了起来，没过多久，大雪像鹅毛一样纷纷扬扬地铺满了整个世界。每天清晨，谷仓的窗户上都会结满寒霜，有时候还会结成冰花。每当泽鲁阿打开门闩的时候，寒风总是携带着雪花急急地扑进谷仓。

温度越来越低了。但动物们的生活并没有受到什么影响，奶牛们悠闲地在谷仓里咀嚼干草，母鸡们走来走去，偶尔咯咯地鸣叫，羊儿们心满意足地待在这儿，在夜晚进入

第六章 塞万努斯·格恩西家的谷仓猫

甜蜜的梦乡。蓝猫的皮毛也不像夏天那么稀疏,变得厚实起来,它有时在干草堆上徘徊,有时候横躺在自己的窝里,看着谷仓里的动物们。干草铺成的窝是多么舒适啊,它蜷缩在那里,喝着泽鲁阿送来的牛奶,经常忘记自己丢失了那首歌的事,也将大河托付给自己的事情抛诸脑后。

谷仓猫每天都在蓝猫耳边述说着,泽鲁阿是一个多么善良的好姑娘,还有自己对她的担忧,最后蓝猫也开始为那个姑娘担心,她太孤独了。要知道,在这之前,它心里除了自己什么都没有。

虽然它确实应该感激泽鲁阿,它提醒自己。可是更应该感激的是那只黄色的谷仓猫。

"我该怎么报答你呢?"蓝猫有些沮丧,"我根本不会捉老鼠。"

作为一只蓝色小猫,它要学的东西比捉老鼠重要多了,而且,猫妈妈也没教过它该怎么捉老鼠。

"这样啊,"谷仓猫有点好奇,"那你平时你都学什么呢?"

"一首歌……可是,我现在什么都想不起来了。"蓝猫低下头,声音里充满了悲伤。谷仓猫瞅着这位忧伤的朋友,以为它又饿了,就悄悄去给它捉了只老鼠。

一个冬天过去了,蓝猫逐渐想起来一些事。比如,它来

城堡镇的蓝猫

城堡镇是为了寻找一个人,一个可以和自己一同在壁炉前面唱歌的人,这样它就拥有一个能够歇息的地方了。而且,它还能拯救被黑魔咒蚕食的城堡镇,然后,蓝猫想起了阿鲁纳·海德。

一想起阿鲁纳·海德,伊本芮塞·萨尔斯梅和约翰·吉尔罗伊也立刻出现在了蓝猫的脑海里。慢慢地,它从出生到现在的记忆都完全拼凑在一起了。可是,无论蓝猫怎么努力,关于那首歌,它脑子里仍旧是一片空白。它只记得那是一首十分重要的歌,关系到了城堡镇的未来。

蓝猫忧伤极了,它可能再也找不到自己的壁炉了。当它从阿鲁纳·海德那儿逃出来的时候,那首歌就已经被自己弄丢了。

光线从谷仓的小窗射过来,照亮了在空气中飞舞的尘土,今天是一个罕见的晴天。蓝猫从谷仓里走出来,盯着外面的太阳发呆。在谷堆另一边,两只巴掌大的小猫在谷仓猫身后喵喵地叫着。蓝猫踮着脚走过去,看着那两个神气活现的黄色小毛团,耳朵高高地竖着,身上还有漂亮的花纹,它们和谷仓猫长得很像。

"瞧瞧这些小家伙,它们还挺漂亮的。"蓝猫随口夸赞着,心里还隐隐绰绰地想着那首歌。

"挺漂亮?"谷仓猫听到了蓝猫的这句话,有些不满,

第六章 塞万努斯·格恩西家的谷仓猫

它跳过去,用鼻子尖嗅了嗅自己的孩子,尾巴竖了起来,说道,"就算在整个佛蒙特州,它们也是数一数二的可爱小猫。"

"好的。"蓝猫附和着谷仓猫的话,低声嘟囔着,"那你的要求可真低。"它摇了摇脑袋,独自走向了谷仓的角落里,那儿有一堆柔软的干草,而且远离喧嚣。一缕阳光透过沾满尘土的小窗,照射在它身上。看着热闹的一家三口,蓝色小猫突然觉得自己有点孤单。

日子一天天过去,春的足迹轻轻地印在残雪上,屋前的樱桃树也泛出了一点绿意,春天就要到了。蓝猫已经安不下心老老实实地待在谷仓里了,而且,对蓝猫来说,靠别的猫养活这件事实在是太羞耻了。还是让谷仓猫安心照顾它的两只小宝宝吧。它可不想当一个整天麻烦别人的包袱。

想到这儿,蓝猫找到谷仓猫,把自己的决定告诉了它。"喵,春天就要来了,我耽搁的时间已经够久了,也是时候去出去把我的歌找回来了,"蓝猫低头舔了舔谷仓猫的两个孩子,心想,这些小家伙们可能真的是佛蒙特最可爱的小猫。"感谢这一段时间以来你对我的照顾,我以后一定会回报你的。对了,还有那个给我牛奶喝的善良姑娘。"

谷仓猫看着连老鼠都不会捉的朋友,有点担忧。"那你要怎么做呢?"

"我要去寻找我弄丢的那首歌。它肯定只是被我遗落在城堡镇的某个角落了。只要我沿着来时的路,我就肯定能把它找回来。"毕竟我是一只蓝猫。蓝猫心想,但是并没有把这句话说出来。

"那好吧,愿上帝保佑你。毕竟,你是一只蓝猫。"谷仓猫为它的朋友祝福着。

蓝猫低下头,来掩饰自己心里的悲伤。但是,这段时间以来的磨炼让它很快就走出了这个困境。它抬起头来,十分认真地说,"就像你说的那样,我是一只蓝猫。但是那没有什么了不起的,我只是一只连捉老鼠都不会的平凡的猫。不过,我一定会找到那首歌的。而且我一定会再次把它唱出来。"

谷仓猫轻轻碰了碰它的额头,将尾巴搭在蓝猫身上,然后帮它整理好胡须,像当初猫妈妈一样细心的连它的耳朵都清理了一遍,"我的朋友,你的粉红色耳朵和你的皮毛真是相得益彰。"最后,它看了看蓝猫那因为一冬天的牛奶和老鼠而养的光滑柔软的皮毛。蓝猫望着谷仓猫,琥珀般的圆眼睛里透露出温柔和友善来。

"你身上没有一根黑色的毛,"谷仓猫上上下下地将蓝猫看了一遍。也许天下所有的猫妈妈都拥有一样的智慧,它斟酌着开口,"你生来就是一只不平凡的猫。"

第六章 塞万努斯·格恩西家的谷仓猫

但蓝猫对此表示怀疑，毕竟谷仓猫还认为自己的孩子是整个佛蒙特州最可爱的小猫。不过它还是礼貌地告别了谷仓里的一家三口。它从干草堆跳到软绵绵的地上，将正在干草里啄食的母鸡们吓了一跳。"再见了，朋友们。"母鸡们咯咯地向它告别。蓝猫最后回头望了一样这个它居住了一整个冬天的谷仓，从门上的猫洞里离开了。

外面的雪还在下，比它想象的更急，更密。它小心地将陷入了雪地的脚拔出来，四下张望着，眼前是一片冰天雪地。蓝猫突然想起了织工的那块雪白的桌布。太阳高高的挂在天上，明晃晃的阳光照在身上，没有一丁点儿暖意。春天好像被留在了谷仓里面，刺骨的寒风吹得蓝猫瑟瑟发抖，让它觉得下一秒，自己就要变成这片风雪之中的冰雕。蓝猫迟疑地回头看了一眼，想要转身回到温暖的谷仓里。

但谷仓猫的出现让它打消了这个念头。谷仓猫从猫洞里探出头来，将它的后路堵得严严实实。对它说，"我来送送你。只有蓝猫才有勇气在这种天气下出门，普通的猫只想窝在家里不出去。"谷仓猫表情崇拜地说，"祝你好运。"

"非常感谢，真是太谢谢了。"蓝猫表情僵硬地感谢着。我可是一只蓝、蓝猫，不能被看扁了。这种奇怪的倔强让它往风雪里又前进了一步。

"你一定会找到那首歌的。"谷仓猫说。

"嗯,你说得对,我要找到那首歌,嗯,阿……阿嚏。"蓝猫打了个巨大的喷嚏,将面前的雪花吹了出去,它简直要生病了。但是作为一只伟大的蓝猫,它绝对不会示弱的。于是,它朝着来时的方向,踏着风雪走远了。路上满是积雪,它被风吹得连眼睛都睁不开了。一直走到拐角处的樱桃树下,它才回头望了一眼。银白覆满大地,天地连成一线,模糊了边界,模糊了天地,只有那一串脚印,如细碎的花,缀在地的一角,成为静谧的注释。蓝猫在这种风雪交加的天气里慢慢走远了。

风雪在镇子里面变得舒缓起来,阳光照耀在洁白的雪地上,照得人眼睛都发花。雪在阳光下开始慢慢融化,屋檐开始淌水,滴在雪地上,把地上的雪穿成一个个小洞洞。树上的雪顺着树干往下淌水,树枝上不时地抖下一两块巴掌大的雪块,无声地摧在雪地上。马路上的雪都被来来往往的人们踩实了,踩脏了,可道路两旁的雪依然是那样洁白,好像给马路镀上了一道银边,显得更加整洁宽敞。阳光照在蓝猫的身上,有了一点谷仓的温暖感觉。四周的景色越来越熟悉,它满怀希望地走着,一路都没有停歇。

它终于回到城堡镇了。

第六章 塞万努斯·格恩西家的谷仓猫

接下来,它的任务就是找回那首丢失的歌。再之后,它就要担负起大河交给它的责任了:找到那个愿意和自己一起唱歌的人!虽然每只猫都要学会唱自己的歌,虽然蓝猫嘴上说着自己是一只平凡的猫,不过它的使命可一点都不平凡,它坚信这一点。

第七章　木匠托马斯·洛丁尹尔·戴克

托马斯·戴克是城堡镇很有名的木匠。在最开始的时候,建筑委员会所有人都认为新教堂只需要沿袭老教堂的样式就足够了,但是他不同意。于是,在所有人反对的情况下,托马斯·戴克拿出了自己这辈子的所有的积蓄,用在了建造新教堂上。他夜以继日地煎熬着自己的心血,设计着每一个小细节。尤其是教堂的讲道台,托马斯把它当作了一件值得珍藏的艺术品来设计。过了很长时间,这座宏伟的教堂终于建好了。

——来自一位老居民的口述。

蓝猫顶着风雪,去寻找自己丢失的那首歌。它穿过城堡

第七章 木匠托马斯·洛丁尹尔·戴克

镇的大街小巷,沿着白雪皑皑的河岸,询问着它见过的每一个人。可是,谁也没有那首歌的消息。尖啸的寒风从城镇的缝隙里吹过,蓝猫怎么也找不到自己的歌。它孤零零地游荡在白雪覆盖的镇子里,"要是我再找不回那首歌,它就要和雪花们一起融化掉了。"它小声嘀咕着,想象着自己的歌是不是被冻在了某一块土地里。

在大路上,它漫无目的地闲逛着。耳朵里到处都是阿鲁纳·海德的名字。所有人都兴奋地谈论着,如果城堡镇真的成了这个宇宙的中心,将会发生什么美妙的事情。蓝猫有点烦躁,它摇摇头,想把那些声音抛到脑后。但是声音就像风一样,无孔不入。

"要是这事儿真发生了,那么城堡镇就会变成最繁华的城市了。"一个秃顶的老头想象着这种情况,高兴得鼻子尖都红通通的。

"是啊,阿鲁纳的计划里写得明明白白,来到城堡镇的客人会越来越多,可能还会有某个国家的总统或首相呢。哈,都是大人物。"另一个瘦高的男人兴奋地附和着,"到那时候,咱们就能挣到更多的钱了。"

"那咱们镇子上就得建一个大银行了。瞧着吧,我肯定能当上银行长。"老头笑嘻嘻地说。但瘦高的男人对此嗤之以鼻,"银行长?你的目光可真短浅。我要争取一下佛蒙特州的参议员，然后颁布各种让我们能挣到更多钱的法案。金钱和权力，啊，它们是多么美妙啊！"

"我的目标可没你俩这么高，只要能住上像阿鲁纳家那样的大宅子，我就心满意足了。要是再能让我和阿鲁纳一样有钱，那就更完美了。"第三个人插嘴道。

"房子？那你的目标还真是够低的。让我说啊，我肯定会有很多很多钱，这些钱足够我买上成千上万的牲畜。我就再也不需要工作了，只需要花钱雇上几个人帮我放牧，我就待在家里好好享受。等到年底的时候，他们就会把挣到的钱全部送到我的家里！"第四个人兴奋地说。

街上到处是这样的声音。速度、金钱和权力。阿鲁纳的歌携带着黑魔法的力量，像扩散的水纹一样吞噬着城堡镇原本的平静。风捎带着歌声，越传越远。而在镇里，皮包骨头的蓝猫走街串巷地寻找着它丢失的那首歌，但结果令人心生绝望。

"如果我不曾丢失这首歌……我多么希望你们能停下匆忙的步伐啊。"蓝猫徒劳地叫着，但没有任何人注意到它。比起这只瘦骨嶙峋的猫咪，金钱和权力可有趣多了。

这样的日子太煎熬了，蓝猫每天都漫无目的地在镇子里寻找着，它越来越绝望。春天已经到了。虽然积雪没有完全消融，但是原野、山坡、天空，牧场所到之处无处不存有

第七章 木匠托马斯·洛丁尹尔·戴克

春天的气息。蓝猫在这种徒劳的寻找下越来越绝望。它浑浑噩噩地走到了它曾经掉进去的那口井旁边,坐了下来。井沿旁边的石头带着一丝太阳的气息,给蓝猫的心里增添了一点微弱的暖意。

这一次,它没有心情欣赏自己的倒影了。不仅仅因为它现在骨瘦如柴,现在的它是一个彻头彻尾的失败者,而失败者是没有资格自怜自艾的。

蓝猫独自坐在井边,它的心里像熬过一服中药,翻滚着一股不可名状的苦味。它再也找不回那首歌了,它的任务也没办法完成了。悲伤和羞愧紧紧围绕着它,在沉默的时候,时间流逝得格外迅速。

在它身后,是织工曾说过的新教堂。很久以前,它就注意到这儿有很多工人,他们提着油漆桶和刷子,扛着梯子和木板,在这里忙忙碌碌。那时候,嘈杂的声音让它感到一种奇异的安心。而现在,蓝猫抬头看过去,发现这片在平常人声鼎沸的工地此刻包裹在一种巨大的寂静里。周围安静得好像时间停滞,这股寂静轻易地扑灭了围绕在蓝猫周围的悲伤与羞愧。一种奇异的直觉催促着它,促使它从井边走到教堂里,去看看到底发生了什么。

一股轻微的刺痛感从蓝猫的脊梁骨滑下,顺着血液流到它身体各处。它从井沿上跳了下来，小心翼翼地朝着教堂匍匐前进。未融化的积雪摩挲着它的毛发，远远看过去，蓝猫就像是一团和地面融合的蓝色影子。

它一阶一阶地爬上台阶，穿过精美的拱廊，绕过高大的柱子——它们矗立在那里，仿佛要把天戳一个窟窿一样。然后，蓝猫一步步地走近半掩着的教堂门口，停了下来。

猫天生对上帝有一种敬畏。蓝猫也不例外。

它仰望着对自己来说高大雄伟的门，走了进去。光线将它的影子投射到教堂的地面上，尘埃在空气中飞舞。在一片寂静中，蓝猫发现在教堂最前排的长椅上，坐着一个人，准确地说，是一个目光专注的男人。顺着他的目光，蓝猫看见了一扇雕刻精美的拱门。拱门的两侧各有一扇门，蓝猫现在正站在其中一扇门的门口。拱门建设的很精美，但是拱门下空荡荡的，显然缺少了什么东西。男人神情严肃，一动不动地盯着那儿。

学着他的样子，蓝猫也一动不动盯着拱门，但是除了那片空白，它什么都没有发现。于是它放弃思索，回过头来盯着长椅上的男人。

他的眉头紧锁着，那双眼睛里闪烁着迷茫、疑惑，脸上也写满了问号，歪着头，正在苦苦地思索。他抬起一只手，一只经历了生活与岁月而变得沧桑的手，插进了自己那一团

第七章 木匠托马斯·洛丁尹尔·戴克

乱糟糟的卷发里，使劲揉搓着，好像这样做可以带给他更多的灵感。"他那一头乱糟糟的卷发看起来有点像河面上的波纹。"

"河流"这个词像闪电般掠过蓝猫的脑海，但也仅限于掠过，任何其他的记忆都没牵连出来。但是蓝猫还是很愉悦。于是，它轻轻走上去，对着男人询问似的喵了一声。

男人从自己的小世界里醒过来，冲蓝猫露出了一个微笑。蓝猫简直受宠若惊了，它已经太久没有见过人类对它的微笑了。于是，它行动快于理智地窜到了男人的膝头，猫科动物柔软的毛发里带着阳光的味道，让男人紧绷的神经放松下来。

他伸出手逗弄着蓝猫，说道，"小猫咪，我想在那建一个讲道台。"蓝猫望着拱门下的那片空白，疑惑地又喵了一声。"这座教堂是我的心血，我一定要把它建得完美。讲道台是一座教堂最重要的部分，因为牧师们就是在那儿传递上帝的旨意。"他笑了起来，但笑意就像水面上的波纹一样，很快就淡了下去。"可是他们只给了我二百五十美元的预算——实际上连二百五十美元也不够，因为我那点微薄的薪水也垫进去了。但是在我的设计里，这点钱什么都做不了。毕竟我的薪水也很低，一天只有一美元五十美分。"

钱钱钱，蓝猫有点沮丧，这个温和的男人难道和阿鲁纳一样掉进钱眼里了吗？不过阿鲁纳可没他这么穷，而且，除了钱，阿鲁纳别的什么都不关心。

男人并没有注意到蓝猫的神色，他紧紧盯着拱门。突然，他脸上的纠结和疑惑像被阳光直射的积雪一样融化了，一种奇异的平静出现在他脸上，里面还带着一种深深隐藏的狂热。它什么时候见过这种熟悉的表情呢？蓝猫的头有点疼，但是它的直觉告诉它，也许它能通过这个男人找回自己的歌。

但是这种祥和宁静的气氛很快就被打破了。教堂的一扇小门被粗暴地推开，发出"吱呀——"的声音，有人在台阶上用力地跺着脚，蓝猫心想，那个人的靴子肯定踩了很多雪。对话声，清嗓子的声音和衣服互相摩擦的刷啦声争前恐后地传来。然后，四个穿着古板式样衣服的人两前两后的走了进来。为首的那个男人熟稔地冲长椅上的男人打着招呼，"嘿，戴克。"

戴克——也就是坐在长椅上的男人皱了皱眉毛，慢吞吞地站起来。小声地对蓝猫说，"这些是建造委员会的人，一些非常能帮忙的家伙。"蓝猫敢打包票，就冲男人皱起的眉毛，这个"帮忙"，肯定不是什么好词。不过，看在自己直觉的分上，蓝猫想都没想地选择了戴克这一边。

"新教堂的动工时间拖得太长了，"那个人看着拱门下

第七章 木匠托马斯·洛丁尹尔·戴克

的空白,眉头出现了三条深深的缝隙,说,"你应该加快速度了,但是无论如何,我们的预算绝对不会超过二百五十美元。"他身后的三个人都赞同地点点头。蓝猫好奇地盯着那个人紧皱的眉头,那儿简直能挤死一只苍蝇了。

不知道那个人是不是看见了蓝猫眼里戏谑的神色,说话人突然举起了自己的手杖,想要把它打开。但是戴克眼疾手快地挡在了小家伙面前。"在上帝面前,你不能这样对待一个小生命。"一只琥珀色的眼睛和一只边缘泛着粉红的耳朵从戴克身后探了出来,刚刚可真是吓到它了。人类怎么能连招呼都不打就直接动手?

"哼,一只蓝色的小猫。看起来更像是黑魔咒的产物。"男人不屑地说,"好了,这不是我们应该关注的事儿。尽快把讲道台建起来吧,我们已经没有多少时间了。"

"我知道了。"戴克抿着嘴唇,沉默地将视线投到教堂门外。就在这时,阿鲁纳的驿车从教堂旁边路过,车夫像阿鲁纳一样,甩动着手里的皮鞭。嘴里嚷着,"快!快!"皮鞭落在马儿身上的声音在初春干燥的空气里显得更加响亮。被鞭打的马儿发出长长的悲鸣,拖着沉重的驿车在大路上飞奔,带起一阵阵飞扬的雪尘。马具上的铃铛在这个阴沉沉的天气里发出不合时宜的脆响,传进空荡荡的教堂,在这个寂静的清晨敲打着人们的耳膜。

没有一个人说话。长长的，令人窒息的缄默。

直到铃铛声彻底消失在干冷的空气里，男人才张开嘴，嗓音有些干涩地说，"好了，现在说说你的想法吧。"

"今天早上，我很早就来到了教堂。我一个人坐了很久，也没有任何灵感。"戴克盯着空荡荡的拱门，思考着开口，"但是，就在一个瞬间，我梦中的讲道台突然在我眼前出现了。直到现在，我还能清楚地看见它的样子。纹理简洁的白松木是建造它的最好材料，然后我要亲自到城堡镇外的山丘上去，找一棵茁壮生长的野生黑樱桃树，把它晒在温暖的阳光底下，然后仔仔细细地打磨它，直到它能照出我的影子，再然后……"

"但是这样一个讲道台的花费太大了。"男人打断了戴克的喋喋不休，不满地说。

蓝猫惊奇地发现这个人和阿鲁纳有一个相同的习惯，当他不满的时候，他的手就会不自觉地挥舞起来，"我们只有二百五十美元，多一美分都不可能。这座教堂花的钱已经够多了。"

"但是……"工人还想继续争论，但是男人没有给他机会。"省钱才是最主要的，其余的不需要太过关注。"

"是的，省钱才是硬道理！"男人身后的委员们附和着。

第七章 木匠托马斯·洛丁尹尔·戴克

"但是,这样的讲道台不是单纯为了观赏。要知道,上帝是宇宙万物的创造者和主宰者,他英明,仁慈,所以人们才崇拜他,并向他祈祷。讲道台传递着上帝的教诲,帮我们度过每一个难关,即使悲伤和死亡无法避免,我们仍旧可以为人们送去平静和满足。上帝会夸奖我们,我们的灵魂将能亲自聆听上帝的教诲!"

"你的第二副业难道是牧师?"男人不耐烦地问,"你不过是个木匠而已。"

这句话仿佛敲响了蓝猫被封闭的记忆大门,它牵拉着蓝猫的思绪,在它丢失的那首歌上轻轻触碰了一下。在离开牧场的时候,有人曾让它去寻找一个木匠!是了,一个木匠!但是除了想起这一句话来,蓝猫依旧什么都没想起来,它沮丧地垂下头,感觉男人更讨厌了。

"所以,你按照建造委员会的要求来建造这座教堂就足够了,其他的事儿不需要你插手。"男人冷硬地说,"尤其是在钱的问题上。"

"但是委员会的设计简直糟糕透了,"木匠皱起眉头,"要是按照委员会的决定,新教堂和老教堂的样式一模一样,我们根本不需要建造新教堂,直接把旧的粉刷粉刷,修葺一下就足够了,那样可是能省下更多钱。要知道,因为老教堂的样式,镇上的居民天天都在争吵。要是凡人在上帝的事情上都开始耍小聪明，造成的后果就不是教堂损坏这么简单了。"

"但是这间教堂不一样。从它的用料到施工，我一直紧盯着，连眼睛都不敢眨。就连支撑教堂的木头，也是我跟着工人们一起去山上砍回来的。我敢保证，就算十级大风吹倒城堡镇其他所有的建筑，它也能立得牢牢的。"

"我费尽心血的教堂，难道要用粗制滥造的讲道台来委屈它吗？"工匠诚恳地望着男人，"我真的不能建一个足以配得上上帝的讲道台吗？"

"没有人拒绝你，只要你不超过我们的预算。"

"而且你知道的，两百五十美元是你最初同意了的价格。"

"委员会已经拨钱给你了，谁让你花完了？"

"要是你在建教堂的时候节省一点，比方说把木头刷成棕色，你就能省下一大笔抛光的费用。"

"要不你就多忙活几天。"

"或者……"四个人七嘴八舌地给出了各种解决方案，蓝猫觉得自己的脑袋被吵得嗡嗡的，连思考都变得困难了。

"别吵了，"木匠忍无可忍地说，"我自己想办法吧。"听到他的话，蓝猫有点诧异，因为它觉得木匠的腰突然挺

第七章 木匠托马斯·洛丁尹尔·戴克

直了,眼睛像烧起了一把火,灼的人眼前发亮。委员们停止了争论,他们突然变得胆怯了。

依旧是那个人打破了沉默,他说:"那我等您的消息。"他的手安静下来,目光露出妥协。他身后的红胡子男人将他捡起掉落在地上的手杖捡起来。一行人将风衣的纽扣严严实实地扣好,然后离开了教堂。

现在,巨大的教堂里只剩下了木匠和蓝猫。但是门外嘈杂的声音将原本的寂静搅得支离破碎。

木匠蹲下身子,对蓝猫说,"我们回家吧。"

听见木匠的邀请,饥饿和沮丧仿佛长了翅膀一样飞远了,蓝猫觉得自己浑身充满了力量。这还是它第一次收到人类的邀请。它迈着欢快的步伐,像小时候跟在猫妈妈脚边一样追着木匠小跑起来。自从离开牧场,它已经很久没有听见过"家"这个词了。

在那条贯穿城堡镇的大路上,积雪为它覆上了一条长长的白色地毯。他们踏着残雪,走到了镇子中部,然后沿着一条小路向南走去。饥饿与疲惫使得蓝猫走起路来有点摇晃,木匠敏锐地发现了,于是他停下脚步,把蓝猫抱进了怀里。人类的体温让蓝猫感受到了前所未有的舒适,它迷迷糊糊地打起盹来。

最后,他们停在了一个院子前。雪白的栅栏沿着院子错落有致地排列着,在拱形门处逐渐合围,将工匠的家像婴儿一般抱在了怀里。院子里的积雪还没有化干净,脚印像花朵一样布满了院子。蓝猫使劲睁了睁眼,看见院子里有一座简单优雅的小房子。房子上方是一个漂亮的白色拱门,和进院子时的大门一模一样。木匠的眼睛里带着微微的笑意,低声对蓝猫说,"这是我和萨莉的家。她喜欢这样的房子,这是我专门建给她的。"一瞬间,在蓝猫的眼里,这间小房子发出令人心安的光芒,简直变得比阿鲁纳的大宅更让人心醉。

他们的声音惊动了屋子里面的人。萨莉从屋里跑出来,迎接着自己的爱人。她有一头柔顺的金发,在脑后扎得整整齐齐。在阳光的照耀下像绸缎闪着金光,湛蓝的双眼像是五月乡间的天空一样动人。即使她现在已经是几个孩子的母亲了,但是萨莉给蓝猫的感觉仍旧像一个被娇宠的孩子,连笑容都是天真无邪的,她穿着雪白的围裙,远远看过去就像外面的雪一样洁白干净。

木匠提高声音,"亲爱的,"说道,"我有些事想和你商量一下。"

萨莉睁大双眼,然后体贴地点点头,对孩子们说,"孩子们,你们先出去玩一会儿,我跟爸爸说会儿话。"听到萨莉的声音,孩子们欢呼着向院子外跑去。冬天已经在春风里

第七章 木匠托马斯·洛丁尹尔·戴克

挣扎了。溪水开始解冻,一边和孩子们打着招呼一边叮叮咚咚地流向了远方。

蓝猫蹲坐在木匠的脚边,认认真真地听着两个人的谈话。

"萨莉,春天就要到了。"他望着流动的溪水,轻声说,"你瞧。"山坡上只剩下一些残雪,慢慢地露出青山一角。从远处望去,冬季里光秃秃的树已经有了一些隐约的绿意。雪水顺着泥土流下来,唤醒了沉睡在地里头的所有生物。布谷鸟已经唱起了歌,向人们宣告春天的到来。

"上帝会经过精打细算再创造这个世界吗?萨莉?"他问,"他会先计算一下,让这些树全部变绿需要多少钱吗?他会在乎春雨的滴数吗?或者用一些差劲的材料来创造这个世界?可能吗?"

萨莉有点疑惑,为什么木匠会说这些,不过她皱起了眉,严肃地说,"上帝的话可不能随便乱说,托马斯·洛伊尔。"

蓝猫的记忆又被唤醒了一点点,它记得这个名字!大河还说过,因为他父亲的坚持,他才有了"洛伊尔"这个用在贵族身上的名字。

"洛伊尔?为什么这么叫我?"木匠苦笑道,"我不过是一个木匠。"

"这本身就是你的名字，"萨莉爱抚着丈夫的脸，微笑着说，"你的心和你的名字一样匹配，不然我为什么会爱上你呢？"

萨莉脸上挂着微笑，走进了屋子里。孩子们沿着小溪跑远了，空气中远远传来他们快活的笑声。蓝猫乖巧地伏在木匠的膝头，和他一起坐在屋前的台阶上，看着远处的牧场。

群山巍巍，映着天边白云绵亘不绝。男人的眼睛充满了温柔，注视着远方的山峦。蓝猫知道，他看见的不是眼前的景色，而是他心目中的讲道台。

慢慢地，男人的眼神波动起来。歌声冲破了喉咙的桎梏，在天空下响了起来。刚开始，歌声还带着迟疑与不确定，但是随着时间的流逝，他的声音越来越坚定。溪水欢快地奔腾，为歌声做着伴奏，布谷鸟为它打着节拍。风轻轻地掠过山丘，在积雪下，大地的力量即将喷涌而出。

唱出你自己的歌，大河说。

唱出你自己的歌。

歌自从前而来，

向明天而去。

唱出你自己的歌。

生命是空白的画卷，

第七章 木匠托马斯·洛丁尹尔·戴克

需要有人为它涂抹颜色。

财富会像河水一样流逝,

权力同月光一样无法永存,

唯有美会代代相传。

唱出你自己的歌。

如果你要做,就做到最好。

每种形状都是上帝的杰作,

每个线条都有天使吻过的痕迹。

美不会凭空出现,

总有人要付出辛勤的汗水。

唱出你自己的歌。

好好唱,大河说,好好唱。

歌声从河水里淌出来,流进它的耳朵,再从脊梁骨流淌到四周,一阵奇妙的感觉顺着血管传到它的尾巴尖——没有一根黑毛的尾巴尖。

蓝猫仔细聆听着这首歌,这种奇妙的感觉无孔不入地渗入它的身体,它的心灵!那一瞬间,它好像看见了蓝色的月光,如轻纱般笼罩在那晚的河面上。记忆像突破了阀门的洪水,奔涌而出,这就是它丢失的那首歌!

为了这首歌,它离开了自己的家乡,四处寻找能学会这首歌的人。可是寻找的过程意外的艰辛,那些能唱出《河流之歌》的人,要么离开了这个世界,要么被黑魔法蒙蔽了双眼,只有他!真正唱出了《河流之歌》。

望着投入的木匠,蓝猫心里充满了激动。它终于明白了自己真正的使命!

这个世界上存在一些生来就会唱《河流之歌》的人,但是他们没有办法教会其他人类。因为《河流之歌》不仅仅是简单的歌词,它的魔力在于,只有能看见美,心中充满了平静和满足的人才能唱出真正的《河流之歌》。所以,只有蓝猫!能唱出《河流之歌》的蓝猫,才能教会人类去欣赏美,平静和满足,才能教别人唱出这首歌。

巨大的喜悦简直要让蓝猫昏厥过去了,它的爪子从肉垫之间伸出又缩回,尾巴如同花朵一样卷起又开放,它像陀螺一样在院子中转来转去,追着刚刚苏醒的昆虫,不知所谓地挥洒着心中的欢乐。

当木匠第二遍唱起歌时,它跟着他声音响亮地唱了起来,歌声中充满了信心与欢愉。萨莉走出屋子,坐在他们身边,脸上带着微笑,温柔地注视着自己的爱人。

"萨莉,"木匠呼唤着,"我不会放弃的,我一定不会放弃的!"

"我相信你。"萨莉说。

第七章 木匠托马斯·洛丁尹尔·戴克

"但是,为了做这个讲道台,我可能没办法把工钱拿回来了。"

"没关系,春天就要到了,日子总能过下去的。"

"但是,"男人眼里的光彩黯淡下去,他迟疑了一会儿,愧疚地说道,"为了这个讲道台,咱们存下来的那些钱可能也要没有了。你知道的,要是没有钱,我们的孩子就要晚一些出生了,我觉得很对不起你,但是……"

"没关系,这样的话我倒是会更开心呢。要知道,托马斯·洛伊尔,从你接手教堂的建造开始,我就陪伴着你,听你讲述新教堂的一砖一瓦。这个讲道台不仅仅是你一个人的,也是我心里的一个梦想。只要这个讲道台能展现在世人面前,和它比起来,一点点积蓄能算得了什么呢?比起……"

"比起美丽的艺术品。"木匠接着说。

"对,"萨莉说,"还有空灵而宁静的心。"

"还有内心的满足。"蓝猫轻轻地唱着。美、平静和满足。这就是《河流之歌》蕴含的魔法!蓝猫为了将光明的魔法带回城堡镇,费劲了千辛万苦,现在它找回自己丢失的那首歌了,这个时候,蓝猫真正理解了大河曾说过的"信仰",到底是什么。

每当清晨来临，蓝猫就会跟着木匠从那座简洁优雅的小房子走向教堂。每过一天，木匠的讲道台都会变得更完美一点。木匠蹲在拱门下，细心地雕刻着讲道台上的花纹。蓝猫就趴在教堂最前面的椅子上，看着忙碌的木匠，和他一起唱起《河流之歌》。它要把这首歌深深地刻进脑子里，再也不要把它弄丢了。

讲道台终于竣工了。木匠将最后一块木头打磨光亮，将最后一寸花纹雕到讲道台的侧面，将本来就能映出人们倒影的樱桃木围栏擦拭的更加光滑。

之后，他转过身来，坐到了蓝猫身边。

"我没有辜负萨莉的期望，我唱出了属于我和萨莉的歌。"男人说，"她一定会开心的。你瞧，小猫咪，我的讲道台，它将会成为佛蒙特州的骄傲。人们只要谈起上帝，就一定会谈到这件精美的艺术品。"

木匠靠在长椅上眯起了眼睛，好像睡着了一样。但是蓝猫知道，木匠根本不可能睡着，没有任何人在完成这样一件艺术品之后还能睡着的。蓝猫把自己的身体蜷成一团，打算在长椅上打个盹。突然，一阵奇怪的声音传进了它的耳朵，蓝猫顺着声音的方向瞅了一眼，然后诧异地瞪大了两只琥珀色的眼睛。

讲道台的木板上先是冒出几个尖尖的嫩芽，然后迅速

第七章 木匠托马斯·洛丁尹尔·戴克

抽枝生长,长成参天大树,细碎的辉光在松枝间闪耀着,仿佛一地碎金。曾经空荡荡的拱门,现在仿佛变成了郁郁葱葱的森林。木匠刚刚擦拭过的围栏上长出几棵纤细的野樱桃树,枝头挂着含苞欲放的樱桃花。森林里特有的清新气息弥漫开来,与樱桃花的芬芳混合在一起,让人沉醉。

木匠依旧闭着双眼,但是嘴唇轻轻颤动着。蓝猫的心里充满了难以用语言表达的震撼,它知道自己是时候离开了。于是它静悄悄地滑下长凳,最后深深地看了一眼木匠,转身离开了。

是时候去完成自己的使命了。它终于要去唱出那首属于它自己的歌了。

但是,这道永不磨灭的光芒会铭刻在它的记忆深处,永远永远。

第八章　泽鲁阿·格恩西

> 泽鲁阿没有让任何人插手她的地毯。她一个人去谷仓里选取羊毛,把它们洗干净,用父亲给她做的纺车和把它们纺成一团浅色的线。到最后织成一块柔软舒适的毯子,所有工序都是她一个人完成的。
>
> ——玛丽·格里什·西格里《地毯的历史》

像有什么东西在前面默默指引着蓝猫,它径直跑出教堂,穿过拱门,绕过门前高大的柱子,顺阶而下。它跑过城堡镇边缘的绿地,跑过伊本芮塞·萨尔斯梅的小屋,跑过镇口的水井,朝着大路飞驰而去。它顺着大路奔跑,心里的鼓

第八章 泽鲁阿·格恩西

点伴随着轻盈的四肢打着节拍。它看见了那缕似有似无的炊烟,追随着蜿蜒进山丘里的小路,蓝猫在樱桃树后的小屋子前停了下来。

谷仓猫依旧懒洋洋地趴在铺满阳光的谷仓门口,给它的两个孩子洗脸。看见蓝猫,谷仓猫像往常一样招呼着它,"嘿,蓝猫。瞧瞧我的两个小家伙,它们是不是越长越可爱了?"

蓝猫友善地点点头,它不太会和别人闲话家常,于是它扯开了话题,"很久不见了。我还是没想到一个能报答你的好主意。"

谷仓猫歪了歪头,它喵喵地叫了两声,舔了舔爪子迅速跑开了。一转眼的功夫,它就抓到了一只肥老鼠,作为迎接蓝猫回来的礼物。虽然并不饿,不过蓝猫还是把这只老鼠吃掉了。毕竟它是一只懂礼貌的蓝猫,总不好拒绝谷仓猫的好意。"喵喵,那个叫泽鲁阿的姑娘怎么样,她最近还好吗?"蓝猫把最后一口老鼠肉吞进肚子里去,关心地问。

谷仓猫叹了口气,"除了给我们送牛奶,她已经很久没有出过家门了。我有时候会去她的窗户底下看看她,她总是在空荡荡的屋子里发呆。我觉得她可能是想父亲了。毕竟那个男人在康涅狄格呆了一整个冬天,泽鲁阿一个人待在这儿,实在是太孤单了。"

"我想,我可能帮得上忙。"蓝猫思考了一下,说道,"我已经把我的歌找回来了。"

听到它的话,谷仓猫的眼睛亮了起来,"要是你能帮到这个可怜的姑娘,那就是对我最好的报答了。"

蓝猫蹿到泽鲁阿的家门前,像第一次来到这儿的时候一样蹲坐在台阶上。不过它已经长大了,叫门这种幼稚的事情它不会再做了。它安静地待在那儿,等着泽鲁阿自己把门打开。毕竟,这个姑娘不能一直待在家里边儿,蓝猫坚信。

过了很久,门吱呀一声,打开了一条小缝。泽鲁阿穿着一件脏兮兮的裙子,手里提着一只空荡荡的水桶出来了。透过那条缝隙,蓝猫发现她的屋子和以前一样,简陋而缺少生气——就跟现在的泽鲁阿一样。屋子里的东西都乱糟糟地堆在一起,有些上面还趴着蜘蛛网。一眼就能看出来居住在屋子里的人有多无心生活。泽鲁阿皱着眉毛,用脚把坐在台阶上的蓝猫拨开,"不要挡着我的路,我要去井那边打水。"然后,她垂头丧气地朝着水井的方向走去。

蓝猫赶紧站起来,它张开嘴,唱起歌来,想要把姑娘叫住。

但显然它失败了,泽鲁阿提着水桶越走越远,看都没看它一眼。蓝猫赶紧跟上去,在她的脚后面绕来绕去地唱

第八章 泽鲁阿·格恩西

着歌。

但泽鲁阿还是不为所动，继续干着自己的事。"小猫咪，你最好不要烦我，我现在很忙。"说完，她低下头，将空荡荡的水桶绑到辘轳上，抛进井里，桶和水面接触，发出一声清脆的叮咚声。蓝猫轻巧地跳到井沿上，朝着姑娘的耳朵，把自己的声音提得更高。

泽鲁阿仿佛什么都没听见，自顾自地转动着辘轳，将已经装满水的水桶从井里拉上来。但是她的眉皱了起来，嘴唇却倔强地抿在一起，一句话也不肯说。

蓝猫清晰地感觉到了泽鲁阿的悲伤，它将自己的声音放得更加柔和，用自己毛茸茸的小脑袋轻轻蹭着她的头发，琥珀色的眼睛温柔地瞅着她。泽鲁阿和蓝猫对视着，然后她毫无预兆地哭出声来。辘轳吱呀吱呀地转起来，水桶"咚"的一声掉回了井里。

"我真的很难过，"她捂住脸，扑到草地上哭泣着说，"爸爸每到冬天就会离开，我只能一个人孤零零地待在家里，没有朋友，也没有人愿意和我说话。因为我长得太丑，这样的日子实在是太孤单了。"

她默默地流着泪，蓝猫用自己的小脑袋温柔地蹭着泽鲁阿的脸颊，在她耳边低声地吟唱着《河流之歌》。

"生命是空白的画卷，需要有人为它涂抹颜色。"

"可是我的生命只有灰色。它无聊、枯燥，没有一点能让我感兴趣的事儿。我真是一个糟糕的人。"

泽鲁阿呆呆地坐在地上，像一棵失水的植物，整个人显得颓丧极了。蓝猫心里叹了口气，它曾经也这样怀疑过自己。在那段暗无天日的岁月里，它每一天都在怀疑自己是否应该存在于这个世界。蓝猫不停地反问自己，它存在的意义究竟是什么。直到它找回自己的歌，才明白了自己真正的使命。在那之前，它就像现在的泽阿鲁一样，对自己完全失去了信心。那实在是太糟糕了。

不过没关系，它一定能帮泽鲁阿找回信心的。冒出嫩芽的树枝在风中轻轻摇摆着，好像在鼓励着蓝猫。

泽鲁阿擦干眼泪，重新将水桶灌满了水，蓝猫跟在她身后，和她一起回家了。这一次，它成功地走进了姑娘的家门。

太阳升起又落下，柔和的春风吹青了一望无际的麦田，吹皱了静静流淌的河水。百灵鸟用嘹亮的歌声唤醒沉寂的大地。花儿们用色彩渲染大地，到处变得生机盎然，每一个角落里都流淌着春天的气息。但是在樱桃树下的小房子里，春天似乎被那扇薄薄的木门隔绝在了外面。壁炉早就

第八章 泽鲁阿·格恩西

熄灭了,实际上它也从来没有真正的燃烧过。蓝猫整天趴在壁炉旁边,陪着泽鲁阿,为她唱歌。

泽鲁阿依旧每天把自己关在家里,死气沉沉地待着。她整日整日坐在那把椅子上,什么都不干,只死死盯着窗外的景色,一坐就是一整天。虽然蓝猫的歌声并没有得到泽鲁阿的回应,但是它仍旧充满希望的歌唱着。因为它知道,这些歌声没有一点浪费的留在了泽鲁阿的耳朵里。这个姑娘总有一天能重拾自信,唱出这首《河流之歌》的。

蓝猫一遍遍地唱着,城堡镇的回忆和歌声一起浮现在它的脑海里。托马斯·洛伊尔·戴克,还有他那善解人意的妻子。美、平静和满足像花朵一样,深深地扎根在他们的心田。

蓝猫已经逐渐忘记了它最初的目的只是想要找到一个安歇的壁炉。现在,它满脑子只剩下了这首歌,它不知疲倦地日夜歌唱着,在泽鲁阿的耳边。

只要我能教会泽鲁阿,蓝猫心想,那我肯定,以我的水平绝对能让城堡镇所有的人都学会《河流之歌》。到时候,光明的魔法就会重新回到城堡镇。

这段日子里,阿鲁纳的黑魔咒出现得越来越频繁。它的力量越来越强大,几乎要把整个城堡镇吞噬干净了,蓝猫必须加快速度。

泽鲁阿听着这首歌,第一次回应了蓝猫,"我能找到自己的歌吗?"蓝猫欣喜若狂地点头,它从地上跳到泽鲁阿的膝上,唱得更加动听了。

"唱出你自己的歌。"

泽鲁阿呆滞地想摇摇头,但是停住了。她的眼睛里带着迟疑和不自信,"不行的,我连朋友都没有,更不要说自己的歌了。"泽鲁阿的眼眶红了起来。

"歌自从前而来,向明天而去。"

"不会的,我这一辈子都找不到自己的歌了,从前找不到,以后也不会找到。"她低声说着,眼泪像断了线的珍珠一样从眼眶里滚落。

"生命是空白的画卷,需要有人为它涂抹颜色。"

蓝猫怜惜地看着这个泪流满面的姑娘,心中回忆着在锡匠和织工那儿发生的故事。

第八章 泽鲁阿·格恩西

"唱出你自己的歌。"

蓝猫鼓励着泽鲁阿,眼神里充满了希冀。

"不,我唱不出来,我没有自己的歌,而且没有谁愿意听我唱歌,我连一个朋友都没有。"泽鲁阿坐在椅子上,执拗地说。

蓝猫没有勉强她,但歌声仍未停止。它趴在泽鲁阿的身旁,一遍又一遍地唱着《河流之歌》。为这个空荡荡的房间增加了一丝生气。

终于,在一个清晨,一个普普通通的清晨,泽鲁阿突然开口了。她认真地问,"小猫咪,我该怎么为我的生命涂抹色彩呢?"问出这句话以后,她心灵上的枷锁仿佛突然被打破了,她开始说话,声音又快又急。

"除了谷仓里的那头绵羊,我一无所有。那头绵羊是我很小的时候爸爸送我的礼物,他说这头绵羊可以陪着我长大。而且,羊毛纺出来的线比其他任何线织出来的东西都要柔软。但是我不喜欢羊毛纱。羊毛太短了,又短又密,一不小心就会搞得满屋子羊毛乱飞。我喜欢亚麻,听说城堡镇的织工用亚麻织出了一块雪白的桌布,还织上城堡镇所有的标志性建筑,听说它美极了,我真想去看看……"

你会看见它的,蓝猫心想。

因为春天的到来,泽鲁阿的父亲回家了。在回到家的第一个星期天,他就去了镇子上的新教堂里做礼拜。但是泽鲁阿一点儿也不想出去,她觉得自己是一个没有朋友的人,悲伤使她不愿意走出家门。

但是这种情况很快就打破了。因为泽鲁阿的父亲向她描绘了那个讲道台。"它简直就是上帝的杰作!你无法想象出它有多美。天啊,我现在的描述只有它实际的万分之一!"泽鲁阿的兴趣被勾起来了,她第一次好奇地问,"爸爸,这个讲道台来自神秘的东方吗?它乘着船,从千里之外漂洋过海,来到了我们这儿?"

"不不不,孩子。它是我们城堡镇的木匠——托马斯·洛伊尔·戴克做出来的!就用咱们家后面的树林里砍下来的白松木,还有野生的黑樱桃树。就用这些简简单单的材料,他创造出了能供奉给上帝的艺术品!"

"小猫咪,和我一起去看看那个讲道台吧。"泽鲁阿抱住蓝猫,它乖巧地伏在姑娘的怀里。第二天,泽鲁阿到了教堂,她站在讲道台前,屏住了呼吸。

"我的天啊,它太美了。"这一次,讲道台没有长出松针和樱桃树的嫩芽,但是姑娘深深地吸了一口气,对蓝猫说,"这个讲道台有森林的味道。我能闻见松针的清香,还有一点甜味,就像,"她思考了一下,眼睛亮了起来,"就像我家门前的那棵樱桃树,每到春天开花的时候,我就能闻到这个味道。"

在回去的路上,他们路过了已经去世了的伊本芮塞·萨尔斯梅的小屋。屋门上挂着一把巨大的铁锁,经历了一个冬天的风雪洗刷,它已经严重地腐蚀了。透过小屋的窗户,蓝猫清楚地看见屋子里落满了尘土。但是那只锡壶依旧高傲地矗立在老锡匠的架子上,像刚刚诞生时一样闪着耀眼的光泽。

他们没能看见那块桌布。但是那美丽的锡器,还有充满了松针清香的讲道台深深地刻进了泽鲁阿的脑海里。

第二天一早,泽鲁阿就推开了屋门,对跟在自己脚边的蓝猫说:"让我们去小树林里转转吧。"

对于泽鲁阿的这个提议,蓝猫有点惊奇,这可是她第一次主动要求出去转转。

树林中一片寂静,清晨的阳光透过树叶间的缝隙照射下来,闪着温柔的光辉,透着不可捉摸的静谧。照射下来的光影,若隐若现地左右晃着。那躲在灌木后的野兔,用胆怯的眼神张望着四周,不知是出来觅食还是来附近欣赏这一片嫩绿色的风景。蓝猫的身体再次传来轻微的刺痛感。这种巨大的静谧让它想起了遇见托马斯·洛伊尔·戴克的那个清晨。他就是在这种巨大的寂静里创造出了堪称艺术品的讲道台。

蓝猫安静地等待着，它的直觉告诉它，有什么事情就要发生了。

在一片宁静中，泽鲁阿开口了，声音轻得仿佛下一秒就要被风吹散。"也许，我也能找到属于我的歌。"蓝猫抬头看着她的脸，她露出一个明亮的微笑。

夜幕很快就降临了。等到父亲推开门，泽鲁阿就迫不及待地说出了自己想要一台绣架的愿望，"爸爸，就像妈妈说过的那种，可以给毯子绣花的，结实耐用的绷架。"

男人脸上的神情诧异极了，泽鲁阿有点不好意思，但还是坚持说了出来。"那头绵羊的毛纱太多了，而且扔掉也实在太浪费了。今天我去了小树林，看见了一朵非常美丽的花，妈妈没去世之前经常寻找这种花。我想把那朵花绣在毯子上，永远留下来。"

男人的表情温柔下来。

蓝猫绕着男人的脚，喵喵地叫着，祈祷着男人能赶快答应。

"而且，树林里还有一些其他的植物，我还可以用它们给我的羊毛染色，绣出更美丽的图案。"泽鲁阿眼睛发光地

第八章 泽鲁阿·格恩西

说。

"你想绣些什么呢?"

"很多,爸爸,"姑娘兴奋地挥舞着自己的手臂,一种属于她这个年龄的天真与希望让她平凡的面孔明媚起来,"尤其是我们的森林。妈妈的花园里还种着从康涅狄格带来的玫瑰花,我要把开得最美的那朵放到那个漂亮的蓝白相间的盘子上,然后把它绣到我的毯子上,我还想去种着亚麻的草场上,摘一些蓝色的亚麻花回来,把它插进伊本芮塞·萨尔斯梅在康涅狄格州制作的锡碗里,但是银色对我来说太难绣了,而且我不知道有什么植物是银色的,只能换一个颜色来绣我的碗了。还有我们的家。"她的神色越来越温柔了,"只要您答应帮我做一个绣架。"

"这不可能,除非……"

"除非什么?"姑娘焦急地追问着,生怕自己的要求被拒绝。要知道,她好容易鼓起了勇气,去寻找自己的歌。

"除非你可以把我的白公鸡也绣进你的毯子里。"男人笑了,摸了摸女儿的头,"孩子,爸爸永远会支持你。"泽鲁阿笑了起来,蓝猫惊奇地发现,当她笑起来的时候,平淡的五官仿佛被施了魔法,变得熠熠生辉,让人挪不开眼睛。

"我会的。"她俏皮地举起手来,"对上帝发誓。不过我首先要把屋子整理干净。这样我绣毯子的时候才能有一个好心情。"

说完,她拿起了扫帚,开始整理房间。她清理干净地面上的垃圾和尘土,把堆放在房间角落的纺车搬出来,拂去上面残留的蜘蛛网。又从小箱子里找出了一块蓝色方格子的桌布铺在了光秃秃的桌子上。然后,泽鲁阿找出了藏在柜子最高处的蓝白相间的漂亮盘子,蓝猫从外面叼来了几支开得正好的花穗,她接过来,将花朵放进了盘子,摆放到窗台上。

她重新点燃了壁炉,啪啪的几声响,火星儿从火苗顶端迸发出来,快乐地跳起舞来。水壶在火焰上方噗噗地冒着水汽,和蓝猫的《河流之歌》呼应,一同欢快地唱起歌来。原本冷冰冰的屋子一下子热闹起来,蓝猫惬意地在壁炉前面趴下来。虽然并没有柔软的毯子,但和以前比起来已经足够舒服了。鲜花,壁炉,还有一只懒洋洋的蓝猫,这儿显得更像一个家了。

过了几天,泽鲁阿带回来了一条没有任何装饰的小毯子,铺在了壁炉前。蓝猫更满意了。

泽鲁阿拿起她的木针,还有父亲为她做的绣架,马不停蹄地赶起工来。

一天,泽鲁阿放下手里绣花的木针,笑眯眯地冲蓝猫

第八章 泽鲁阿·格恩西

说,"小家伙,我已经想象到铺上这块地毯的房间有多美丽了,每绣一针,我都觉得它离我更近了一步。等到它完工的时候……"泽鲁阿故意停顿了一下,不过蓝猫仍旧趴在壁炉前,懒洋洋地摇晃着自己的尾巴。但下一秒,它像被炭火烫到一样,弹射到了空中。实在是泽阿鲁对它说的那句话太吓人了。

她用一种让蓝猫毛骨悚然的声音说道,"我要让你永远留下来。"这简直和阿鲁纳曾经说过的话如出一辙!难道这个小姑娘也要把自己做成标本?它不可置信地瞪大了眼睛,警惕地望着泽鲁阿,琥珀色的眼睛显得更圆了。

望着蓝猫如临大敌的表情,泽鲁阿咯咯地笑了起来,"你在想什么呢小家伙,我只是想把你绣到我的地毯上。你瞧你,这么紧张地瞪着我,难道担心我把你吃掉吗?""我在担心你要把我做成标本。"蓝猫心里嘟囔着。

泽鲁阿继续说着,"我要谢谢你啊,蓝猫。是你的歌声带我走出了那段困难的时光。要是没有你,我真的不知道自己会变成什么样子,我好爱你。"泽鲁阿轻轻地说。

然后,《河流之歌》在屋子里回荡开来。

蓝猫趴在她的怀里,听着泽鲁阿的歌声,满足地发出呼噜呼噜的声音。为了自己的使命,它离开了家,来到了遥远的城堡镇,只为了能学会《河流之歌》的那个人。它成功了，它找到了泽鲁阿，而且教会了她怎么唱《河流之歌》。

但是，一股难以言喻的悲伤涌上了它的心头。它曾经对大河承诺过，要尽自己所能做更多的事儿，也就是让更多的人学会《河流之歌》。这代表着——如果它要去兑现自己的承诺，它就不得不离开这个姑娘，离开这个对自己说"我爱你"的姑娘。它不得不离开自己的壁炉，去……等等！蓝猫突然竖起耳朵，它差点忘了！

如果真的要离开的话，它必须先报答谷仓猫。要不是它在自己饥寒交迫的时候收留了自己，还鼓励自己去找回丢失的那首歌，可能它早就和城堡镇的积雪冻在一起，在春天成为花朵和树木的养料了。蓝猫心想，我一定要想一个好主意来报答它。但是这件事的困难程度不亚于蓝猫找回《河流之歌》。

因为谷仓猫抓老鼠的本领在整个城堡镇都数一数二，它肯定看不上蓝猫抓到的小老鼠。至于蚂蚱，谷仓猫每次看见蚂蚱时候的表情都带着难以言状的嫌弃。蓝猫摇了摇头，打消了这个念头。报答别人这件事可真是太难了，蓝猫深深地纠结了。

直到那一天。

泽鲁阿招呼着蓝猫到她的绣架旁边，把它抱了起来，"你瞧，我绣的像不像你？"蓝猫睁着圆溜溜的眼睛，看着毯子上栩栩如生的图案。

在很久很久以前,早在它第一次踏入城堡镇的时候,在那口井里,它望见过自己的倒影。毯子上的图案和它那时看见的倒影有几分相似。但是比起那时,它已经是一只成年猫了。虽然这段日子以来的千难万险在它身上留下了难以磨灭的痕迹,它的眼睛里多了沧桑,但仍旧能从它的眼睛里看出坚定的信念。毕竟它是一只蓝猫,一只永远不会被打倒的蓝猫!

蓝猫突然有了一个绝妙的主意!它知道该怎么报答谷仓猫了。

它一溜烟地跑了出去,一次一只地将两只小黄猫叼到了屋子里,冲泽鲁阿喵喵地说道,"把这两只小家伙也留下来吧,它们可不是普通的小猫,它们是整个佛蒙特州最可爱的小猫!"

泽鲁阿同意了,在毯子上用嫩黄色的线勾勒出两只小黄猫的边框。谷仓猫高兴极了,它冲蓝猫喵喵地感谢着,"你不愧是一只伟大的蓝猫,只有你才知道我的两个小宝贝有多了不起。"蓝猫谦虚地低下了头。

泽鲁阿的地毯和三只猫咪的画像很快在整个城堡镇传开了。

很多镇民都被好奇心吸引了,他们成群结队地来到这座樱桃树下的小房子里,欣赏这条巧夺天工的地毯。然后,他们惊奇地发现,眼前的姑娘根本不像传闻中的那样平平无奇,她有着一双充满希望的眼睛和明媚的笑容。就连她的手,他们羡慕地望着一寸寸生长的美丽花纹,也是一件能创造奇迹的手。他们也想做点什么了,哪怕没有泽鲁阿的地毯一样惊艳,他们也想留下一些东西。

泽鲁阿的脸上挂着和煦的笑容,细心而热情地帮他们提着各种建议。

"您瞧,这块普普通通的布,只要这么一折,再裁下一个角来,将这些蕾丝点缀上去,是不是一件很美的手套?"

"还有这个,如果您想要利用好这根树干的话,可以尝试着把这个花纹雕刻上去,做一根漂亮的手杖……"这些都是一些简单的小玩意儿,最重要的仍旧是泽鲁阿那条美丽的毯子。镇上最德高望重的老人对泽鲁阿说,希望她可以看看天上的雪花,这些美丽的精灵是大自然的恩赐。泽鲁阿很快就挑选好了适宜的位置,将栩栩如生的雪花绣了上去。老人高兴极了。

这是一条属于大家的毯子。每一个人都热情高涨地讨论着能在这块毯子上增添一些什么花样,好让它显得更加生动。而泽鲁阿,这个曾经因为自卑而缺少朋友的小姑娘,成了大家关注的中心。大家都听从着她的建议,并且鼓励着

第八章 泽鲁阿·格恩西

她。很多人都惊讶于她身上独特的气质,温柔、和煦,让人们如沐春风。这样美好的姑娘,怎么会是一个平凡甚至丑陋的人呢?城堡镇的居民们问自己,除了泽鲁阿,哪还有这样一个能把快乐带给所有人的善良姑娘呢?

那一年的春天,蓝猫告别了樱桃树下的小房子和那个爱它的姑娘,走进了城堡镇的家家户户。它一直歌唱着《河流之歌》,把美、平静和满足带给城堡镇的每一位居民。

托马斯·洛伊尔倾尽积蓄建造的讲道台被人们津津乐道,每个人都相信上帝的使者将会在那个堪称艺术品的讲道台上将上帝的智慧洒向人间。

伊本芮塞·萨尔斯梅认同的那种经过各种复杂工序的锡茶壶在城堡镇再次流行起来,那些用新配方做的锡器消失在时光里,越来越多的人喜欢上了约翰·吉尔罗伊的雪白桌布,因为它代表了神圣。

金钱和权力逐渐退出了城堡镇居民的生活圈,黑魔咒的力量越来越弱,最终消失不见。居民们生活在这座像世外桃源一样的小镇上,美、平静和满足成了他们不可缺少的一部分,光明的魔法与祝福仿佛从未消失过一样,保护着整座小镇。

蓝猫站在教堂门口,望着生活在光明魔法里的居民们。它知道，回家的时候到了。于是，它像风一样穿过门廊，绕过柱子，跳下台阶回到了来时的大路上，弯弯曲曲的小路还在那里，只要拐过弯去，它就能回到泽鲁阿的身边。房前的樱桃树开花了，花朵像洁白的雪一样纷纷扬扬地落下，在台阶前铺成一张雪白的地毯。泽鲁阿站在门外，面带微笑地冲蓝猫张开怀抱，"我知道，你会回来的。"

"你瞧，我给你织了一张新毯子，以后你可以趴在壁炉前唱你自己的歌儿了，我们永远都不会再分开。"蓝猫扑进姑娘的怀里，泽鲁阿抱住它，向屋里走去。

门关了，只有《河流之歌》的声音，经久不息地飘荡在长满樱桃树和白松树的山谷里。

第九章　光明的魔法

> 城堡镇的故事并没有随着时间的流逝消失在历史的洪流中，这并不是某个人刻意保护着城堡镇，而是时间的选择。它的故事和它的风貌，是城堡镇最值得纪念的地方。
>
> ——来自城堡镇的游客的笔记。

黑魔法仿佛随着风飘散了，光明的魔法携带着美、平静和满足降临了整个城堡镇，就像它刚刚建立时候一样。

木匠呕心沥血的作品——那座用白松木和黑樱桃树做成的讲道台成了城堡城的骄傲。每当游客来到城堡镇的时候，城堡镇的原居民都会向他们介绍，曾经的艺术家留下的杰作——那些洁白高大的柱子，雕刻精美的拱门，还有大理石的柱廊。它们和伊本芮塞·萨尔斯梅在锡器上留下的戳记一样，成了城堡镇永恒的回忆。

每一年的某段时间，城堡镇的原居民都会敞开大门，热情地迎接来自四面八方的游客，朝他们一遍又一遍地讲述着蓝猫的故事，将工匠们的劳动成果展示给他们看。游客们停下脚步，触摸着这些历史，然后发出由衷的惊叹，"只有魔法才能做出这么美的东西。"但实际上，这些都是依靠人类的双手完成的。

不过，有两样珍宝是游客们看不见的。一件是伊本芮塞·萨尔斯梅死前做出的锡罐。人们一直在谈论着它，但是没有人见过它。锡匠去世的时候，这件锡器还好好地摆在柜子的最高处，但是后来，它的下落就成了一个谜。还有一件，就是泽鲁阿·格恩西编织的地毯。纽约博物馆在很早的时候就将那块地毯连同她为蓝猫织的毯子一同收藏起来了。有人说，蓝猫舍不得那块毯子，直到现在还经常去博物馆看它。

要是你有这个条件，可以去纽约博物馆看看。听说，当夜幕降临，熙熙攘攘的博物馆会变得静谧而空旷。当蓝色的月儿将蓝色的轻纱笼上整座博物馆的时候，你就能听见蓝猫的歌声。

第九章 光明的魔法

就像大河说的那样,它获得了永生。

至于阿鲁纳,他的名字已经消失在了滚滚流逝的时光里。

大河曾说过,失败者就会被自己歌中的力量压得粉碎。他被飞驰而过的火车卷入轮下,整个身子都成了齑粉。直到今天,居民听见火车的鸣笛声仍会毛骨悚然,但是黑魔咒的力量也仅限于此了。

当然了,要是你对那条会说话的大河有兴趣,可以去牧场那边看看。你可以背对着它在河岸边坐下,要是听见了它的歌声,就立马转过身去。如果幸运的话,没准你还能看见那个伏在河边的小小的蓝色影子。毕竟,那只特殊的蓝猫可不会因为一条毯子整天待在博物馆里。

唱出你自己的歌吧,好好唱,大河说,好好唱。